アメリカ古典大衆小説コレクション 2

オズのふしぎな魔法使い

The Wonderful Wizard of Oz

亀井俊介／巽 孝之 監修

★★★★★

ライマン・フランク・ボーム 著

L. Frank Baum

ウィリアム・ウォレス・デンズロウ 画

W. W. Denslow

宮本菜穂子 訳

巽 孝之 解説

松柏社

はじめに

民話、伝説、神話、おとぎ話は、子どもたちとともに時代を経てきました。というのも、すこやかに育った子どもは、奇想天外で、どう考えても現実とは思われない楽しい物語を好み、それは彼らの生まれながらにして持っている本能のようなものなのです。グリムやアンデルセンの童話に出てくる羽を持った妖精たちは、人間のつくり出したほかのいかなるものよりも、子どもの心にしあわせを運んできました。

しかし、昔ながらのこうしたおとぎ話は、何世代にもわたる長年のつとめを終え、今となっては子どもの読み物の中でも『過去の遺産《いさん》』に分類することができるでしょう。ありきたりのランプの精や小人や妖精などは登場せず、また、語り手が子どもたちに教訓を教えるためにつくり上げてきた、おそろしい血のこおるようなできごとはまったく起こらない物語、つまり、新しい『不思議物語』の時代が幕をあけようとしているのです。現代の教育には、すでに道徳というものが含まれています。そのため、今の子どもたちは物語に心を不快にするできごとのない純粋な娯楽《ごらく》性だけを求めているのです。

『オズのふしぎな魔法使い』はこういったことを念頭に置き、今の子どもたちの心を満たす純粋な驚きやよろこびをそのまま残し、幼い心を痛めたり、悪夢にうなされたりすることのない、現代版のおとぎ話をめざして書かれたものです。

ライマン・フランク・ボーム
シカゴ、一九〇〇年四月

もくじ

——この本を、よき友であり同志である妻にささげる

L・F・B

オズのふしぎな魔法使い

第一章　たつまき

ドロシーは、農夫のヘンリーおじさんと奥さんのエムおばさんといっしょに、カンザスの大草原の真ん中に住んでいました。木材を何マイルもはなれたところから馬車で運ばなければいけなかったので、家はとてもこぢんまりとしていました。四方の壁と屋根だけの家には、さびだらけのコンロ、戸棚、テーブル、三、四脚のいす、そしてベッドがふたつあるだけでした。ヘンリーおじさんとエムおばさんのベッドが一角にあり、もう一方のすみには、ドロシーの小さなベッドが置いてありました。この家には、屋根裏部屋も地下室もありません。ただひとつ

あるのは、地面に掘られた、たつまきをさけるための小さな穴で、そこに入れば、道行くものをすべて破壊するような突風が吹いたときにも、何とか一家がしのぐことができたのです。その狭くて暗い穴に入るためには、床の真ん中にあるはねぶたを上げ、はしごを降りて避難しなければなりませんでした。

ドロシーが戸口に立ち、あたりを見わたしても、目に入るのは、四方に果てしなく広がった灰色の大草原だけでした。この平らな灰色の景色が水平線まで続き、そのあいだには、一本の木も、一軒の家も立っていません。耕された大地は太陽にすべて灰色のかたまりに焼きつけられ、小さなひびがいたるところに走っていました。草の長い葉先も、あたりと同じ灰色になるまで太陽が焼きつけてしまい、緑の色を失っています。以前家にはペンキが塗られていましたが、太陽が気泡をつくり、雨がそれをはがし、今となっては、まわりと同じくすんだ灰色になっていました。

エムおばさんがここに来たとき、彼女は若くて美しいお嫁さんでした。しかし、太陽と風が彼女をも変えてしまったのです。目の輝きは消え、ほおやくちびるは赤みを失い、地味な灰色になってしまいました。体は細くやつれ、今となっては笑顔を見せることもありません。ドロシーが養女としてこの家に来た当初、エムおばさんは少女の笑い声に驚き、彼女の明るい声が耳に入るたびに、胸をおさえ、叫び声をあげたものでした。今でも、ドロシーがいったい何を見たらそんなに笑えるのかと、幼い少女をふしぎそうな目で見るのでした。

ヘンリーおじさんは笑うことを知らない人でした。彼は、朝から晩までいっしょうけんめい働き、よろこびとはどんなものかをまったく知りません。彼の長いひげからはきつぶしたブーツまで灰色で、いつも険しいしかめっつらで、おしゃべりをすることもめったにありませんでした。

いつもドロシーを笑わせ、彼女がまわりのように灰色にならないようにしていたのはトトでした。トトは、灰色ではなく、真っ黒で長いつやつやとした毛並みの小さな犬です。小さな瞳がちんまりと、妙な形をした鼻の左右でキラキラと楽しそうに輝いていました。ドロシーは一日じゅう遊びまわっているトトといつもいっしょに遊び、彼をとてもたいせつにしていました。

しかし、きょうは違います。ヘンリーおじさんが戸口の階段に腰かけ、いつにもまして不安そうに灰色の空を見つめています。ドロシーもトトを抱え、戸口に立ち、空をながめていました。エムおばさんはお皿を洗っています。

はるか北のほうから低く風のうなる音が聞こえ、ヘンリーおじさんとドロシーの目の前では、丈のある草が嵐の前の風に波うっていました。南のほうから鋭い空気がヒューッと吹きつけ、ふたりがそちらに目をやると、草が揺れなびいているのが見えました。

突然、ヘンリーおじさんが立ち上がりました。

「エム、たつまきが来るぞ」彼は肩越しに、エムおばさんに呼びかけました。「わしは家畜を見てくる」彼はそう言い残して、牛や馬がいる納屋へ走っていきました。

エムおばさんは皿を洗うのをやめて、戸口のほうに出てきました。空に目をやると、危険が間近に迫っているのが一目瞭然でした。

「急いで、ドロシー!」エムおばさんは叫びました。「地下室まで走るのよ!」

トトがドロシーの胸から飛び降り、ベッドの下に隠れてしまったので、ドロシーは彼をつかまえにいきました。たつまきにひどく驚いたエムおばさんは、急いで床のはねぶたを上げ、暗くて狭い穴のはしごを降りていきました。ドロシーはやっとの思いでトトをつかまえ、おばさんのあとに続こうとしました。ドロシーが半ばまできたとき、風がすさまじい悲鳴をあげ、家が激しく揺れました。その拍子にドロシーはバランスをくずし、床の上にしりもちをついてしまいました。

すると、とても奇妙なことが起こりました。

家が二、三回、クルッと回転し、ゆっくりと空に舞い上がったのです。ドロシーは、まるで気球に乗って空を飛んでいるかのような気持ちになりました。

ちょうど家のあるところで北風と南風がぶつかり合い、たつまきの目となったのです。たつまきの中心では風はおさまっているのですが、家の四方にはものすごい風圧がかかり、家はどんどん持ち上げられ、ついに、たつまきのてっぺんまで昇ってしまいました。家はそこにとどまったまま、まるで羽のように軽々と何マイルも何マイルも運ばれていきました。

家の中はとても暗く、外では風がひどいうなり声をあげていたのですが、家は比較的安定していることにドロシーは気がつきました。最初に何回か回転したときと、家がひどく傾いたときを除いては、ゆっくりと、それはまるで、やさしくゆりかごに揺られているかのような感覚でした。

トトは何ひとつ気に入りませんでした。彼はほえながら、家の中をあちらこちらかけまわっていました。一方、ドロシーと言えば、静かに床の上にすわり、つぎに何が起こるのかと、じっと身構えていました。

一度、開いたままのはねぶたにトトが近づきすぎて、下に落ちてしまいました。ドロシーはとっさに、彼がいなくなってしまったのではないかと思いました。ところが何と、トトの片耳が穴からのぞいているのが見えるではありませんか。驚いたことに、強い風圧が彼を落ちないように支えていたのです。ドロシーは、おそるおそる穴に近づき、トトの片耳をつかんで、家の中に引っぱり上げました。そして、二度とこのような事故が起こらないように、はねぶたをしっかりと閉じました。

時は刻一刻と過ぎていき、ドロシーはしだいに恐怖心から解放されていきましたが、一方で、心細さがこみ上げてきました。外の風はひどく大きな悲鳴を上げ、ドロシーは耳が聞こえなくなってしまいそうでした。はじめは、家が落ちたら、自分の体がバラバラになってしまうのではないかと不安になりましたが、もうなるようにしかならないと腹をくくり、冷静に待つことにしました。そして、揺れる床の上をベッドまで這《は》っていき、横になりました。トトもドロシーのあとについていき、となりに寝そべりました。

家は揺れ、外では風が激しくうなっていましたが、ドロシーはやがて目を閉じて、深い眠りについたのでした。

第二章　マンチキンたちとの協議

　ドロシーはとつぜん大きな衝撃を感じて、ハッと目がさめました。もし、やわらかいベッドの上にいなければ、ケガをしてしまっていたかもしれません。そのショックでドロシーは息が詰まり、一瞬、何が起こったのかわかりませんでした。トトは、ひんやりとした小さな鼻をドロシーの顔に近づけ、不安そうに鼻を鳴らしました。ドロシーが起き上がると、家はすでにシンと静まりかえっていました。真っ暗だった家の中には、窓から日光が燦々《さんさん》と差しこみ、あたりを明るく照らしていました。ドロシーはベッドから飛び起き、そのすぐあとをトトが追いながら、戸口に走り寄り、ドアをあけました。
　幼い少女は、見れば見るほどみごとな景色に歓喜と驚きの声をあげ、まわりを取りまくすてきな光景に目を見開かずにはいられませんでした。
　たつまきは、意外にもゆっくりとした動きで、すばらしく

美しい国の真ん中に家を降ろしたのです。青々とした美しい芝生があたり一面に広がり、堂々たる木々がたわわに実った彩り豊かな果実をつけて並んでいます。美しい花々が左右に何列も広がり、色とりどりの豊かな羽毛のめずらしい鳥たちが、さえずりながら草木のあいだを飛びかっています。少し離れたところに小川があり、たっぷりとした水が緑豊かな岸のあいだをきらきら輝きながら流れ、乾燥した灰色の草原でずっと過ごしてきた少女には、それが心地よい声でささやいているように聞こえました。

この見慣れない美しい景色をドロシーが呆然とながめていると、今までに見たことのないような奇妙な風貌の人々がこちらに向かって歩いてきました。彼らは、ドロシーのよく知っているおとなたちよりも、背丈はずっと低かったのですが、格段に小さいというわけでもありませんでした。じっさいのところ、背丈は、年のわりには健やかに育ったドロシーと同じくらいでしたが、見た目には何歳も年上に見えました。

その一団の中には数人の男の人とひとりの小柄な老女がいましたが、みんな奇妙なかっこうをしていました。彼らは、つばの丸い、三十センチくらいのとんがり帽子をかぶっていました。つばの先には小さな鈴がたくさんついていて、彼らが動くと、かわいらしい鈴の音がチリリと聞こえました。男の人たちの帽子の色は青でした。小柄な老女の帽子は白で、その肩先からいくつものプリーツが入ったドレスの色も白でした。ドレスには小さな星がちりばめてあり、日の光があたると、ダイヤモンドのようにキラキラと光りました。男の人たちは、帽子と同じ濃さの青色の服に、ピカピカにみがかれた群青色の折り返しつきのブーツをはいていました。男の人たちはヘンリーおじさんと同じぐらいの年だろうなと、ドロシーは思いました。なぜなら、そのうちのふたりがひげを伸ばしていたからです。一方、小柄な老女は、明らかに彼らよりも年上に見えました。顔にはしわがたくさんあり、髪がほとんど白く、歩き方も多少ギクシャクしていたからです。

　この一団は、ドロシーが戸口に立っている家の近くまで来ると、いったん立ち止まり、これ以上近づくのをおそれているかのように、何やらコソコソと話し合い始めました。間もなく小柄な老女がドロシーに歩み寄り、深々とおじぎをして、やさしい声で言いました。

「ようこそ、偉大な魔術師さま。マンチキンの国へ、よくおいでくださいました。東の悪い魔女を退治し、この国の人々を屈従から自由にしていただき、わたくしどもは心より感謝いたしております」

　ドロシーは、ふしぎそうに彼女の話を聞いていました。ドロシーが偉大なる魔術師さまだとか、東の魔女を退治したとか、この人はいったい何のことを言っているのでしょう？　ドロシーは純粋無垢《じゅんすいむく》な少女で、家から遠いかなたまで、たつまきに連れてこられただけなのです。そ

れに、今まで一度だって何かを退治したこともありませんでした。

しかし、この小柄な老女は何か返事を待っているようだったので、ドロシーはとまどいながらも言いました。

「ご親切にありがとうございます。でも、何かのまちがいでしょう。わたしは何も退治なんかしていませんもの」

「そうじゃなきゃ、あんたの家が退治してくれたみたいだよ」小柄な老女は笑いながら答えました。「どっちにしたって同じことだ。ほら！」彼女は家の一角を指さして言いました。「あの角材の下に足が二本出てるだろ」

そちらを見たドロシーは、こわくなって息をのみました。彼女が指さした先の、家の土台となる角材の下からはたしかに、とがったつま先の銀の靴をはいた二本の足が突き出ていたのです。

「まあ、どうしよう！　どうしよう！」愕然《がくぜん》としたドロシーは、手をよじって叫

びました。「家が彼女の上に落ちたんだわ。どうしたらいいの？」

「どうすることもないさ」小柄な老女は落ち着いた声で言いました。

「でも、彼女はいったいだあれ？」ドロシーは聞きました。

「さっきも言ったように、東の悪い魔女さ」小柄な老女は答えました。「彼女は長い年月のあいだ、マンチキンたちを支配し、夜となく昼となく、奴隷として働かせていたんだよ。でも、これで自由の身となったから、あんたが彼女を退治してくれたことを、みんな感謝しているんだよ」

「マンチキンってだあれ？」ドロシーはたずねました。

「悪い魔女が支配していた、この東の国の住人だよ」

「あなたもマンチキンなの？」ドロシーは聞きました。

「いいや。あたしは彼らの友だちで、北の国に住んでいるのさ。東の魔女が死んだのを見たマンチキンたちがあたしのところへ使者を送ってきて、すぐにここへ飛んできたんだ。あたしは北の魔女だよ」

「まあ！」ドロシーは叫びました。「ほんものの魔女なの？」

「ああ、そうだよ」小柄な老女は答えました。「でも、あたしはよい魔女で、みんなもしたってくれていてね。あたしは、ここを支配していた悪い魔女ほどの魔力を持っていないから、自分の力で彼らを自由にすることはできなかったんだよ」

「でも魔女ってみんな悪い人かと思ってたわ」ほんものの魔女を前にして、少し身の危険を感じた少女は言いました。

「いやいや、それはまた大きな誤解をしているねえ。オズの国には魔女は四人しかいなくて、そのうち、北と南に住むふたりはよい魔女なんだよ。そのうちのひとりがあたしだから、まちがえるはずはないさ。東と西に住むふたりは、たしかに悪い魔女だけれども、そのうちのひとりをあんたが退治したということは、オズの国に残っている悪い魔女は、西に住むひとりだけってことだねえ」

「でも」ドロシーはしばらく考えてから言いました。「魔女はもうみんな死んでしまったって、エムおばさんが言っていたわ……もう何年も何年も前に」

「エムおばさんってだれだい?」小柄な老女はたずねました。

「カンザスにいる、わたしのおばさんよ。わたしはそこから来たの」

北の魔女は、しばらく何かを考えるように頭を下げ、地面を見つめていました。そして、顔を上げて言いました。

「カンザスという国なんて聞いたことがないから、その国がどこにあるのか、あたしにはわからないねえ。そこで聞くけど、そこは文明の進んだ国なのかい?」

「ええ、もちろん」ドロシーは答えました。

「それでわかった。文明の進んだ国では、魔女も、魔術師も、魔法使いも、手品師もいなくなってしまったけれど、このオズの国は外の世界から隔離されているから、文明化されることなく過ごしてきたのさ。だから、この国にはまだ魔女や魔法使いがいるんだよ」

「魔法使いは何人いるの？」ドロシーは聞きました。

「オズさまおひとりだけが、偉大なる魔法使いだよ」魔女は声を低くして答えました。「彼は、あたしたち魔女が力を合わせてもおよばないくらい、強い力をお持ちのかたでねえ。エメラルドの都に住んでいらっしゃる」

ドロシーはもうひとつ質問をしようとしましたが、ちょうどそのとき、それまで静かにひかえていたマンチキンたちが悪い魔女が倒れていた家のほうを指さし、大きな叫び声をあげました。

「どうしたのかね？」小柄な老女は聞きましたが、そこに目をやると、思わず吹き出してしまいました。死んだ魔女の足があとかたもなく消えてしまい、そこには銀の靴だけが残っていたのです。

「あまりにも年をとっていたから」北の魔女は説明しました。「日にあたって、干からびてしまったのだろう。これでもう彼女はおしまいだよ。でも、この銀の靴はあんたのものだ。さあ、はいてごらん」魔女は靴を拾い、ほこりを払ってから、ドロシーに手わたしました。

「東の魔女はこの銀の靴を、ひどく自慢していたよ」マンチキンのひとりが言いました。「何かの魔力が宿っているらしい。それが何だかはわれわれにはわからないけど」

ドロシーはその靴を受け取り、テーブルの上に置きました。そして、また外に出ると、

マンチキンたちに言いました。

「おじさんとおばさんがきっと心配していると思うから、ふたりのところに帰りたいの。でも、どうやって行けばいいかしら？」

マンチキンたちと魔女は顔を見合わせ、ドロシーのほうを向くと、首を横に振りました。

「ここからはそう遠くないけれど、東のほうに行くと」ひとりのマンチキンが言いました。「はるかかなたまで砂漠が続いていて、だれも生きて渡りきったことはありません」

「南のほうもそうだったよ」もうひとりが言いました。「ぼくはそこに行ってじっさいにこの目で見たんだ。南はクアッドリングたちが住む国だ」

「うわさでは」三人めが言いました。「西も同じらしい。ウィンキーたちが住むその国は西の悪い魔女に支配されていて、そこを通ればかならずその魔女に奴隷にされてしまう」

「北はあたしが住む国だけど」老女は言いました。「そのまわりにもオズの国を囲む果てしない砂漠が広がっているんだ。残念だけどあんたには、あたしたちといっしょに住むしか道が残されていないみたいだねえ」

それを聞くとドロシーは、シクシクと泣き出してしまいました。見たこともない人たちに囲まれて、彼女はとても心細かったのです。彼女の涙は、やさしいマンチキンたちの心を打ったようで、彼らもすぐにハンカチを取り出し、いっしょに泣き出してしまいました。小柄な老女はというと、帽子をとり、鼻の頭にその先っぽを乗せ、「いち、に、さん」と静かに数を数えました。すると、帽子は小さな黒板に変わり、そこには白いチョークで大きな文字が書かれていました。

「どろしーヲえめらるどノ都へ行カセヨ」

小柄な老女は黒板を手にとり、文字を読んだあとで聞きました。

「あんた、ドロシーっていうのかい？」

「はい」少女は涙をふきながら顔を上げ、答えました。

「それなら、エメラルドの都へ行くといい。オズさまだったら、きっと何とかしてくださるだろう」

「その都はどこにあるの？」ドロシーは聞きました。

「この国のちょうど真ん中にあって、さっき話した

偉大な魔法使いのオズさまはそこに住んでいるんだよ」

「その人はいい人なの？」少女は不安そうにたずねました。

「いい魔法使いだよ。あたしはじっさいに会ったことがないから、人間かどうかはわからないけどね」

「そこにはどうやって行けばいいの？」ドロシーは聞きました。

「歩いてだよ。あるときは楽しく、あるときは暗くて険しい長い旅になるだろうけどね。でも、心配することはない。あたしが知っているかぎりの魔法で守ってあげるからね」

「いっしょに来てはくれないの？」すがるように少女はたのみました。今となっては、この小柄な老女が唯一の友だちのような気がしていたのです。

「残念だが、それはできない」老女は答えました。「でも、あたしがキスをしてあげよう。北の魔女にキスされた人を傷つけようとする者はけっしていないからね」

彼女はドロシーに近寄り、ひたいにやさしくキスをしました。ドロシーがあとでそこを見ると、彼女のくちびるが触れたところに、丸い印が光っていました。

「エメラルドの都へ行く道には、黄色いレンガがしきつめてあるよ」魔女は言いました。「だから、絶対わかるはずさ。オズさまのところにたどり着いたら、けっしてこわがらなくてもだいじょうぶだよ。起こったことをきちんと説明して、助けてもらえるようお願いするといい。それでは、これでお別れだよ」

三人のマンチキンたちは、深々とおじぎをし、旅の成功を祈っていると言って、木々のあいだを歩き去っていきました。魔女はドロシーのほうを向いてやさしくうなずき、左足のかかとで三度回ると、つぎの瞬間、消えていました。小さなトトは豆鉄砲をくらったように、魔女がいなくなったあとも、しばらくほえ続けていました。魔女がいるときは、トトはあまりのこわさに、うなり声も出せなかったのです。

しかし、ドロシーはあの老女が魔女だということを知っており、そうやって消えることも予想していたので、少しも驚きませんでした。

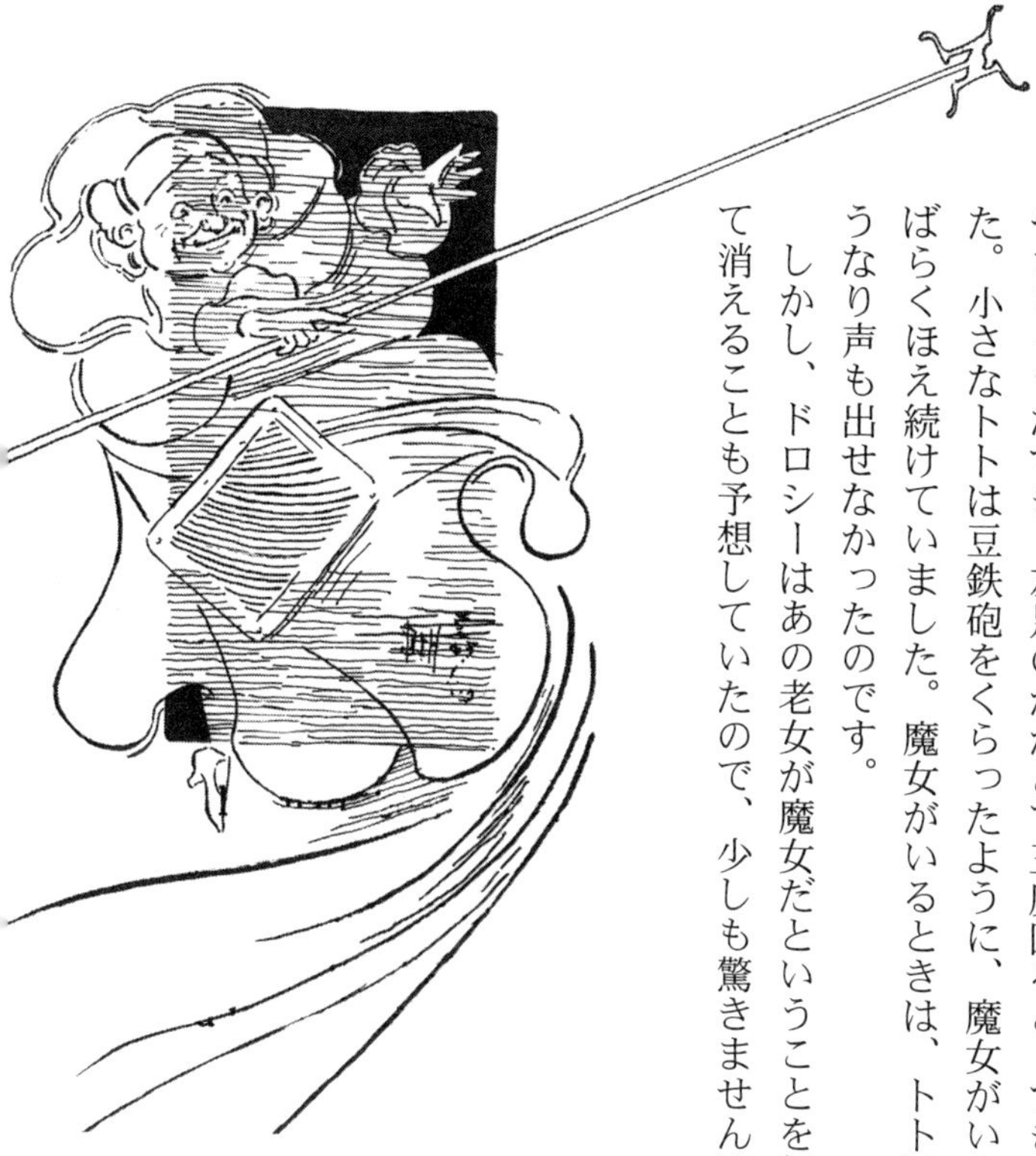

第三章　ドロシーがかかしを助ける

ドロシーはひとりになると、おなかがすいていることに気がつきました。そこで、戸棚からパンを取り出し、切ってバターを塗りました。トトにも少し分けてあげ、棚からバケツを取ると、小川まで行き、バケツいっぱいにキラキラと澄んだ水をくみました。トトは木々に止まっている鳥たちのほうに走り寄り、ほえはじめました。ドロシーはトトを呼びにいきましたが、そのとき、おいしそうなくだものが枝になっているのを見て、朝食代わりにいくつかもぎ取りました。

家に戻ると、冷たくて澄んだ水をトトとたっぷりと味わい、エメラルドの都への旅の準備にとりかかりました。

ドロシーは、あと一着しか洋服を持っていませんでしたが、ちょうど洗ったばかりで、ベッドの横のかけ釘にかけてありました。洋服は青と白のギンガムチェック柄で、何回も洗濯したので、青の部分がやや色あせていました。でも、それはとてもかわいらしい一着でした。少女はていねいに身じたくをととのえ、洗いたてのギンガムの洋服に着替え、ピンクの日よけ帽のリボンをあごの下で結びました。つぎに、小さなカゴに戸棚のパンをたくさん入れ、白い布をかぶせました。足もとを見たドロシーは、自分のはいていた靴が汚れているだけでなく、すっかりはきつぶされているのに気がつきました。

「さすがにこれは長旅向きではないわね、トト」と彼女は言いました。まるで彼女のことばがわかっているかのように、トトは彼女の顔を黒い小さな目で見つめ、しっぽをふりました。

そのとき、テーブルの上に置いた東の魔女の銀の靴が目に止まりました。

「これ、はけるかしら」トトに話しかけました。「じょうぶそうだから、長旅にはちょうどいいのだけれど」

ドロシーは古い皮の靴を脱ぎ捨て、銀の靴をはいてみました。すると驚いたことに、それはまるでドロシーのためにつくられたかのようにぴったりだったのです。

ドロシーは、最後にカゴを手にとりました。

「さあ、行くわよ、トト」とドロシーは言いました。「エメラルドの都に行って偉大なオズさまに、どうやってカンザスに帰ればいいのか、聞いてみましょう」

ドロシーはドアを閉め、鍵をかけ、鍵を洋服のポケットにきちんとしまいました。そうして、そのうしろをトトが静かについて歩きながら、ドロシーはいよいよ出発したのでした。

近くには道がいくつかあったのですが、黄色いレンガで舗装された道を見つけるのはむずかしくはありませんでした。まもなくドロシーは、銀の靴をキラキラと黄色いレンガの上で光らせながら、元気よくエメラルドの都に向けて歩き出しました。太陽は燦々《さんさん》と輝き、鳥たちは美しい声で歌っています。ドロシーは、故郷から突然見知らぬ土地に連れてこられた少女のわりには、読者のみなさんが想像するほど悪い気分ではなかったのです。

ドロシーは歩きながら移りゆくこの国の美しさに、さらに驚きを覚えました。道ばたには、上品な青い塀《へい》がていねいに立てられ、その向こうには野菜が豊富に実り、それがはるか先まで続いていました。マンチキンたちが農夫として有能なのはたしかで、みごとな作物を育てることに長けているようでした。ときおりドロシーが家の前を通りすぎると、人々が表に出てきて、深々とおじぎをするのでした。彼らはみんな、ドロシーが悪い魔女を退治し、自分たちを自由の身にしてくれたことを知っていたのです。マンチキンたちの家は奇妙な造りをしていて、それぞれが円柱の形をしており、その上には大きなドーム型の屋根が乗せてありました。この東の国では、

青がお気に入りの色のようで、すべての家が青に塗られていました。

夕暮れどきが近づき、一日じゅう歩き疲れたドロシーが、どこで晩を過ごそうかと考えはじめたころ、ほかの家よりも少し大きな家の前にさしかかりました。家の表にある青い芝生では、おおぜいの男女が踊っていました。五人の小柄なバイオリン弾きが、大音量でいっしょうけんめい音楽を奏でており、人々は楽しそうに笑ったり、歌ったりしていました。近くに置いてあるテーブルには、フルーツやナッツ、パイやケーキなど、おいしそうな料理が並んでいました。

マンチキンたちは丁重にドロシーを迎え入れ、「食事をごいっしょにいかがですか？宿も提供しますのでぜひ！」と、招待してくれました。この家にはこの国でもっとも裕福なマンチキンのひとりが住んでおり、友人たちが集まって、悪い魔女の配下から解放されたよろこびをみんなでわかちあっているところだったのです。

ドロシーは、おなかいっぱいになるまで夕食をごちそうになりました。食事のあいだは、家の主であるボックという、いちばん裕福なマンチキンが、みずからドロシーの世話をしてくれました。夕食がすむと、ドロシーは長いすにすわり、マンチキンたちが楽しそうに踊るのをながめていました。

ドロシーがはいている銀の靴を見て、ボックが言いました。

「あなたさまは、さぞかし偉大な魔術師なのでしょうね」

「どうして？」ドロシーは聞きました。

「なぜって、銀の靴をおはきになっているし、悪い魔女を退治してくださったからですよ。それに、お召しになっている洋服に白が入っていらっしゃる。白い服は、魔女や魔術師の服だけに許されている色なのですから」

「わたしの洋服は、青と白のチェック柄よ」とドロシーは言いながら、服のしわを伸ばしました。

「そのようなドレスをお召しになるとは、何と心のおやさしい」ボックは言いました。「青はマンチキンを象徴する色です。そして、白は魔女の色。ですから、わたくしどもにもあなたさまがおやさしい魔女だということがわかります」

ドロシーは何と返事すればいいのかわかりませんでした。なぜならドロシーは、自分がごくふつうの少女で、たつまきによって偶然見知らぬ土地に連れてこられただけなのに、みんなが彼女を魔女だと思いこんでいるからでした。

ドロシーがダンスに飽きると、ボックは彼女を家の中に案内し、かわいらしいベッドのある部屋に通してくれました。ドロシーは青いシーツの上で、そしてトトはベッドの横の青いマットの上で、朝までぐっすりと眠りました。

朝になると、おなかいっぱい朝食をごちそうになり、マンチキンの小さな赤ちゃんがトトとじゃれたり、しっぽを引っぱったりして、キャッキャッと笑いながら遊ぶようすを楽しくながめていました。トトはみんなの注目の的となりました。というのも、マンチキンの国の人々は生まれてこのかた、犬という動物を見たことがなかったからでした。

「エメラルドの都はここからどれくらいかかるの？」少女は聞きました。

「もうしわけありません。わたしにもわかりかねます」ボックは神妙な顔で答えました。「わたしも行ったことがないもので。オズさまにご用のない人は行かないほうがよいとされています。しかし、エメラルドの都までの道のりは遠く、何日もかかることでしょう。この国は豊かでのんびりとしていますが、旅の終わりにたどり着くまでには、荒れた危険な場所も通らなければなりません」

このことばに少し不安を感じたドロシーでしたが、偉大なオズだけが、彼女をカンザスに帰すことができると知っていたので、引き返しはしないと勇敢にも決心したのです。

ドロシーは新しくできた友だちに別れを告げ、黄色いレンガの道をふたたび歩き出しました。何キロか進んだところで、ひと休みしようと道ばたの塀《へい》に登り、腰かけました。塀の向こうには、広大なトウモロコシ畑が広がり、トウモロコシの実を鳥がついばまないようにと、すぐ近くにかかしが棒に吊るされて立っていました。

ドロシーは、手にあごを乗せ、まじまじとかかしをながめていました。頭となっている小さめのずた袋にはわらがつめてあり、目、鼻、口がペンキで描かれていました。頭には、以前はマンチキンが使っていたと思われる、青いとんがり帽が乗っかっており、胴体部分となる色あせた青い古着にもわらがつめてありました。この国の男の人がはいているような青い折り返しのついた古いブーツをはき、背中に刺した棒で、トウモロコシの背丈よりも高く吊るされていました。

風変わりなかかしの顔をドロシーがまじまじと見つめていると、驚いたことに、ペンキで描かれたその目がゆっくりとウインクするではありませんか。カンザスのかかしはウインクなどしないので、ドロシーははじめ、何かの見まちがいではないかと思いました。するとこんどは、そのかかしが親しみをこめて、軽く会釈をしました。ドロシーは塀《へい》から降りて、かかしの足もとまで近づきました。トトは棒のまわりをほえながら走っています。

「こんにちは」かかしが少しかすれた声で言いました。

「あなた、しゃべれるの?」少女はふしぎそうに聞きました。

「もちろんですとも」かかしは答えました。「ごきげんいかがですか?」

「おかげさまで」ドロシーは礼儀正しく答えました。「そちらは?」

「退屈ですね」かかしはほほえみながら言いました。「だって、朝から晩までカラスを追いはらうだけの人生ですから」

「そこから降りられないの?」ドロシーは聞きました。

「それが、この棒が背中につき刺さっていて、下に降りられないのです。棒を取ってくださると、たいへんありがたいのですが」

ドロシーは両手でかかしを棒から持ち上げ、下に降ろしました。かかしはわらでできていたので、比較的軽かったのです。

「ほんとうにありがとうございます」地面に足をつけたかかしは言いました。「いやはや、まるで生まれ変わったような気分です」

ドロシーには、このわらでできた人がことばを話し、おじぎをし、自分の横を歩いているのがふしぎでしかたがありません。

「あなたの名前は?」かかしは、大きくのびとあくびをしたあとで聞きました。「それに、どちらかへお出かけですか?」

「わたしはドロシー」と少女は言いました。「カンザスに帰してもらえるよう偉大なオズさまにたのみに、エメラルドの都へ向かっている途中なの」

「エメラルドの都というのは、どこにあるのですか?」かかしはたずねました。「それに、オズさまっていったいだれですか?」

「まあ、あなた知らないの?」ドロシーは驚いて聞き返しました。

「ええ。ぼくには何もわからないのです。頭には脳ミソではなく、わらしかつまっていませんので」かかしはさびしそうに答えました。

「まあ」とドロシーは言いました。「それはか

わいそうに」

「もしかして」とかかしは続けました。「いっしょにエメラルドの都に行ったら、そのオズさまから脳ミソをいただけるでしょうか？」

「それはわからないわ」ドロシーは答えました。「でも、よかったらいっしょに行く？　たとえオズさまから脳ミソをもらえなくても、今とは変わらないわけだから」

「それもそうですね」とかかしは言いました。「じつは」かかしは自慢げに続けました。「ぼくの手足や体にわらがつめてあるということは、痛みを感じないということでもあるので、それはまったく気にしていないのです。だれかに針を刺されても、足を踏まれても、何も感じませんからね。しかし、脳なしとバカにされるのだけはごめんです。それにあなたのように、脳ミソがここにつまっていなければ、知識をたくわえることができませんし」

「あなたの気持ちはわかるわ」心からかわいそうに思った少女は言いました。「いっしょにオズさまのところに行って、できるだけのことをしてもらえるように、わたしからもたのんであげる」

「ありがとうございます」かかしは心をこめて言いました。

彼らは道のほうに戻りました。ドロシーはかかしが塀《へい》を越えるのを手つだってあげ、黄色いレンガの道に戻ると、エメラルドの都への旅にふたたび出発しました。

最初トトは、この新しい仲間を歓迎しませんでした。わらの中にネズミの巣でもあるかもしれないと、トトはこのわら男の足もとをクンクンかぎまわったり、警戒して、かかしに向かってうなったりしていました。

「トトのことは気にしないでね」ドロシーは新しい仲間に言いました。「かんだりはしないから」

「別にこわくはありませんよ」かかしは答えました。「わらは痛みを感じたりしませんから。おや、そのカゴをお持ちしましょう。疲れることもありませんので、お気になさらないで。そうだ、ひとつ秘密をお教えしましょう」歩きながらかかしは続けました。

「ぼくがこわいのはただひとつだけです」

「あら、それはなあに？」ドロシーは聞きました。「あなたをつくってくれたマンチキンさん？」

「いいえ」かかしは答えました。「それは、火のついたマッチですよ」

第四章　森を抜ける道

旅を続けて数時間たつと、道がだんだんと荒れはじめ、かかしにはとても歩きにくい道のりとなってきました。彼は何回もデコボコのレンガに足を引っかけ、転んでしまいました。黄色いレンガが欠けたりすっかりとれてしまっているところもあり、トトはその穴を飛び越え、ドロシーはそれを迂回して進んでいきました。かかしはと言うと、脳ミソがないだけあって、ひたすらまっすぐ歩くことしかできず、穴に足を取られて、固いレンガに思いっきり顔を叩きつけてしまいました。しかし、ケガをすることはけっしてなく、自分のドジに楽しそうに笑うかかしを、ドロシーはいっしょに笑いながら立たせてあげるのでした。

このあたりの農場は、旅のはじめのころより手入れが行き届いていません。家も少なく、実をつけた木も少なくなり、進めば進むほど荒涼《こうりょう》としてものさびしくなっていきました。

お昼になると、一行は小川の流れる道ばたに腰かけ、ドロシーはカゴからパンを取り出しました。彼女はかかしにもひと切れすすめましたが、彼は丁重に断りました。

「ぼくはおなかが減ったりしないので、けっこうです」とかかしは言いました。「それに、これでよかったと思っていますよ。ぼくの口はペンキで描かれているだけですから、そこに切り込みを入れてしまうと、つめたわらが飛び出してしまい、せっかくの頭が変形してしまいますからね」

ドロシーはそれに納得すると、うなずいて、自分の口にパンを運びました。

「あなたの国の話を聞かせてくれませんか？」かかしは、ドロシーの食事が終わると言いました。そこでドロシーは、カンザスのこと、そこにあるものすべてが灰色であること、そして、たつまきがこの奇妙なオズの国に彼女を運んできたことを話しました。かかしは熱心にこの話を聞き、こう言いました。

「あなたがどうしてこの美しい国から、その乾いた灰色のカンザスというところに戻りたいのか、ぼくにはまったく理解できませんよ」

「それは、あなたに脳ミソがないからだわ」少女は答えました。「そこがどんなにわびしくて、灰色にくすんでいても、血の通った人間ならどんなに美しい国よりも、自分の故郷に住みたいと思うわ。何といってもおうちがいちばん」

かかしはため息をつきました。

「もちろん、わかるはずがありません」と彼は言いました。「もしあなたがたの頭にも、

ぼくのようにわらがつまっていたとしたら、みなさん美しいところにばかり住んでしまい、カンザスからはだれもいなくなってしまいます。みなさんに脳ミソがあってのカンザスですね」

「もうひと休みするあいだ、何かお話を聞かせてくれる?」と少女は言いました。

かかしは少女を非難するかのような目で見て、こう答えました。

「ぼくはまだ人生経験が浅いもので、知っていることは何もないくらいです。なにしろ、おとといつくられたばかりですからね。それ以前にこの世界で起こったことは知る由《よし》もありません。さいわい農夫がぼくの頭をつくってくれたとき、最初に耳を描いてくれたので、何が起こっているのか聞くことができました。もうひとりのマンチキンがその場にいたのですが、彼に『こんな耳でどうだ?』と言う農夫の声が、ぼくがはじめて聞いたことばでした。

『何だか、曲がっているよ』と、もうひとりが答えました。

『まあ、気にするな』と、農夫が言いました。『耳は耳さ』と。まさにそのとおりでした。

『つぎは目を描くか』と、農夫が言いました。そして、右目を描いてくれました。それが完成すると、彼の姿が見えました。なにしろはじめて見る世界だったので、あたりのいろいろなものが目の中に飛びこんできて、とても興味深く感じました。

『きれいな目じゃないか』と、農夫の仕事ぶりを見ていたマンチキンが言いました。

『瞳はやっぱり青色がいちばん合っているよ』

『もう片方は、もう少し大きめに描くか』と、農夫が言いました。そして、もう片方の目ができあがると、前よりももっとよく見えるようになりました。そのつぎに、農夫は鼻と口を描いてくれました。しかし、そのときは、何も話しかけませんでした。なぜなら、口が何のためにあるのか、まったくわかっていなかったからです。ぼくは、彼らがぼくの手足や胴体をつくるのをウキウキした気持ちでながめていました。できあがった胴体に頭をつけて、ついに五体満足そろった、これでみんなと変わらないのだと思うと、とてもうれしくなりました。

『これでカラスも追いはらえるだろう』と、農夫が言いました。『まるで人間そっくりじゃないか』

『ぼくらとまったく変わらないよ』と、もうひとりも言いました。もちろんぼくも同じ意見でした。農夫はぼくを小脇に抱え、トウモロコシ畑まで行き、あなたが降ろしてくれた棒に高くくくりつけました。農夫ともうひとりのマンチキンはしばらくすると立ち去り、ぼくはひとりぼっちになってしまいました」

「こんな形で置き去りにされるのはごめんでした。いっしょについて行こうと思ったのですが、宙ぶらりんの状態だったので、あの棒の上にいるしかなかったのです。つくられたばかりで、この先どうしていいのかまったくわからず、考えることもなく、さぞさびしい人生が待ち受けているのだろうと思う以外ありませんでした。たくさんのカラスや鳥たちがトウモロコシ畑にやってきましたが、最初はぼくがマンチキンだと思い、姿を見ると、すぐに飛び去っていきました。それを見て、ぼくも捨てたものではないと、自信を持ったものです。ところがしばらくすると、年寄りのカラスがぼくの近くに飛んできて、まじまじと見つめたあとでぼくの肩にとまり、こう言いました。

『こんな不細工な方法でわしをだませると、あの農夫は思ったのかね。どんなカラスだって判断する力さえあれば、ひと目見ただけで、おまえさんがわらでできてるってことくらいわかるさ』そして、足もとに降りて、おなかいっぱいにトウモロコシを食べはじめたのです。ほかの鳥たちも、ぼくがそのカラスに危害を加えないのを見て、どんどん寄ってきました。しばらくすると、ぼくのまわりでたくさんの鳥たちがトウモロコシをついばんでいました。

ぼくはすごく悲しくなりました。なぜって、結局、かかしとしては有能ではないということが判明してしまったのですから。すると、年寄りのカラスがぼくをなぐさめてくれました。

『おまえさん、頭の中に脳ミソさえ入っていれば、あいつらくらい、いや、マンチキンどもよりもよっぽどいいヤツだっただろうに。この世の中でいちばん価値のあるのは脳ミソだよ。

それはカラスだろうと、マンチキンだろうと、変わりないさ』」

「カラスたちが去ったあと、ぼくは言われたことについて考えてみました。そして、何とかして脳ミソを手に入れるために、全力をつくすことにしたのです。さいわい、あなたがまもなく通りかかり、ぼくをあの棒から降ろしてくれました。あなたのお話を聞くかぎりで判断すると、エメラルドの都に行けば、偉大なるオズさまがきっとすぐにでも脳ミソをくださることでしょう」

「ほんとうに、もらえるといいわね」ドロシーは心をこめて言いました。「すごくほしそうだもの」

「ええ、もちろん。わたしの切実な願いですから」かかしが答えました。「脳なしと見られるほど、不愉快なことはありませんから」

「じゃあ、そろそろ行きましょう」かかしにカゴをわたしながら少女は言いました。

このあたりの道には、塀《へい》はすでになく、両側の土は耕されておらず、荒れ果てていました。日が傾きはじめたころ、一行は深い森の入口にたどり着きました。その森の木々はあまりにも巨大で、うっそうとしており、黄色いレンガの道の上を枝がおおいかぶさっているほどでした。枝葉が太陽の光をさえぎっていたので、その下では、ほとんど暗闇の中を歩いているようでした。しかし、一行は止まることなく、森の奥へとどんどん進んでいきました。

「この調子で進んでいけば、いつかは森から抜けられるはずですよ」とかかしは言いました。「この道の終わりにエメラルドの都があるのですから、この道が続くかぎり、どこまでも行かなければなりません」

「そんなあたり前のこと、誰でもわかるわ」ドロシーは言いました。

「もちろん、そうでしょうとも。ですから、ぼくにでもわかるのです」かかしが答えました。「脳ミソを働かせなければわからないことでしたら、ぼくにはとうていわかりませんよ」

一時間ほどで日は暮れ、一行は暗闇の中をつまずきながら進まなければなりませんでした。ドロシーにはまったく前が見えませんでしたが、犬のトトには見えていました。犬は暗闇でもよく見えるのです。昼間と同じくらいあたりが見えますよ、とかかしが言ったのでドロシーは、かかしの腕につかまりながら歩きました。おかげで思ったよりも調子よく前に進むことができました。

「もし家とか、夜をすごせるところが見えたら、教えてちょうだいね」ドロシーは言いました。「忘れないように、お願いね。暗闇の中を進むのはいやだから」

しばらくすると、かかしが立ち止まりました。

「右に小さな小屋が見えますよ」かかしが言いました。「丸太や枝でできているようです。そちらに行きますか?」

「ええ、お願い」少女は答えました。「すっかり疲れちゃったわ」

そこでかかしは、木々のあいだを小屋まで先導しました。ドロシーは中に入ると、枯れ草のベッドを見つけ、まもなくトトといっしょに深い眠りにつきました。けっして疲れることのないかかしは、もう一方のすみに立ち、朝が来るまでしんぼう強く待ちました。

第五章　ブリキの木こりを救出する

ドロシーが目ざめると、太陽が燦々《さんさん》と枝葉のあいだから差しこんでいました。トトはとっくに目を覚まし、外で鳥やリスを追いかけています。ドロシーが起き上がって、小屋の中を見まわすと、かかしがあいかわらず、すみでおとなしく、ドロシーが目ざめるのを待っていました。

「お水を探しにいかなきゃ」ドロシーはかかしに言いました。

「何に使うのですか?」彼は聞きました。

「顔を洗って、旅のホコリを落としてあとはパンがのどにつまらないように、飲むためよ」

「生身の人間というのは不便なものですね」かかしは思慮深く言いました。「睡眠もとらなければならないし、食事も水もとらなければならない。でも、脳ミソがあって、きちんと考えられるためだったらそれくらいの苦労は惜しみませんよ」

ふたりは小屋を離れ、小さな泉が見つかるまで、木々のあいだを縫っていきました。泉のほとりでドロシーは水を飲み、体を洗い、朝食をとりました。カゴの中を見ると、パンはもうあまり残っていません。トトとドロシーがあと一日食べられるくらいしか残っていなかったので、少女は、かかしが何も食べなくてもだいじょうぶだということに少しホッとしました。

朝食が終わり、黄色いレンガの道に戻ろうとしたとき、そう遠くない所から低いうなり声が聞こえたので、ドロシーはびっくりして耳をすませました。

「今のは何?」ドロシーはおそるおそる聞きました。

「さあ、皆目《かいもく》見当がつきませんね」かかしは答えました。「正体を確認しに行きましょう」

すると、またうなり声が一行の耳に届きました。どうやらその声は、うしろのほうから聞こえてくるようでした。うしろを振り返り、森の中を数歩進むと、先のほうで葉のすきまから射しこむ太陽の光を受け、何かがキラッと光るのが見えました。ドロシーはそこまで走っていきましたが、びっくりして立ち止まり、驚きのあまり声をあげました。

そこには、斧《おの》で途中まで切られた大木があり、その横に、全身がブリキでできた男の人が斧を振り上げたまま立っていたのです。頭と手足は胴体にくっついていましたが、まったく微動だにせず、まるで固まってしまっているようでした。

ドロシーとかかしがあっけにとられて見ていると、トトは激しくほえ立て、ブリキの足にかみつきましたが、逆に歯をいためてしまいました。

「さっきうなったのはあなたなの？」ドロシーが聞きました。

「そうだよ」ブリキの男が答えました。「おれだよ。もう一年以上もこうしてうなり続けていたけど、だれにも聞こえず、だれも助けにきてはくれなかったのさ」

「どうしたらいいの？」ドロシーはやさしく問いかけました。この男の人のさびしげな声がドロシーの心を打ったのでした。

「油さしを持ってきて、おれの関節に油をさしてくれないか」ブリキの男が答えました。「さびがひどくて、全然動けないんだ。たっぷりと油さえさしてくれたら、もとどおりになるはずさ。おれの小屋の棚に油さしが置いてある」

ドロシーはすぐに小屋へ走っていき、油さしを見つけて、それを持って戻ってくると、不安そうに聞きま

した。

「どこにさせばいいの？」

「まずは首だ」ブリキの木こりが答えました。ドロシーは言われたとおり、念入りに油をさしました。さびがあまりにもひどかったので、ブリキの男が自分で首を振れるようになるまで、かかしが左右に首を回してあげました。

「つぎは腕の関節にも」ブリキの男が言いました。ドロシーが油をさし、かかしがていねいに曲げたり伸ばしたりしてあげると、さびがとれ、きちんと動くようになりました。

ブリキの木こりは満足そうにため息をつき、斧を下ろすと、木にもたせかけました。

「何ていい気分なんだ」ブリキの木こりは言いました。「さびついたときから、ずっとあの斧を振り上げていたから、やっと下ろせてホッとしたよ。あとは、足の関節にも油をさしてくれるともとどおりになれるのだがなあ」

そこでふたりは、ブリキの木こりの足が自由に動くようになるまで油をさしてあげました。すると、ブリキの木こりは何度もくり返しお礼を言いました。ブリキの木こりはどうやら、とても礼儀正しく、親切な者のようでした。

「ふたりが来てくれなかったら、おれは一生あそこに立っていたかもしれないな」彼は言いました。「まさに命の恩人だ。でも、どうしてこんなところに来たんだい？」

「わたしたち、偉大なオズさまに会いにエメラルドの都へ行く途中だったのよ」ドロ

シーは答えました。「そしてあなたの小屋でひと晩休ませてもらったの」

「なぜオズさまに会いになんか行くんだい？」ブリキの木こりは聞きました。

「わたしはカンザスに帰してもらいに、かかしさんは脳ミソをもらいに行くの」ドロシーは答えました。

ブリキの木こりは、言われたことをゆっくりと考えたあとで、こう言いました。

「そのオズさまは、おれに心臓をくれるかな？」

「それもできると思うわ」ドロシーは答えました。「かかしさんに脳ミソをあげるのと同じくらいかんたんなことだと思うわ」

「たしかにそうだな」ブリキの木こりはうなずきました。「おれもいっしょにエメラルドの都へ行きたいが、迷惑じゃなかったら仲間に入れてくれないか。おれもオズさまに会って助けてもらいたいんだ」

「大歓迎ですよ」かかしは明るく言い、ドロシーもいっしょに来てくれるとうれしいとつけ加えました。そうしてブリキの木こりは斧をかつぎ、一行は黄色いレンガの道まで森の中を歩いていきました。

ブリキの木こりはドロシーに、油さしをカゴに入れてくれるようたのみました。「だって」と彼は言いました。「雨でも降って、またさびついたりしたら、油さしがどうしても必要になるからな」

この新しいメンバーが仲間入りしたのは、ラッキーだったとも言えるでしょう。というのも旅を再開してしばらくすると、木立が道にまで繁り、一行は何回か足止めされてしまったのです。しかしブリキの木こりが、全員が通り抜けられるような道をせっせと斧で切り開いてくれたので、一行は旅を続けることができました。

ドロシーは深く物思いにふけりながら歩いていたので、かかしが穴に足を取られ、道のはずれまで転がってしまったのに気がつきませんでした。かかしはまたドロシーに声をかけ、起こしてくれるようたのまなければなりませんでした。

「なぜ穴をよけて歩かないんだ?」ブリキの木こりが聞きました。

「自分でもよくわかっていないからですよ」かかしは明るく答えました。「じつは、ぼくの頭にはわらがつめてあるだけなんです。ですから、オズさまのところに行って、脳ミソをくださるようお願いするのです」

「なるほどな」ブリキの木こりは言いました。「しかし、脳ミソが世界でいちばんたいせつなものだとは思わないいな」

「あなたには脳ミソがあるのですか?」かかしがたずねました。

「いいや。おれの頭の中はからっぽさ」木こりは答えました。「でも、昔はあったさ、脳ミソも心臓もな。両方ためしてみたけど、おれだったら心臓のほうがほしいと思うよ」

「なぜ?」かかしは聞きました。

「おれの生い立ちを聞けばわかるさ」

そこで森の中を歩きながら、一行はブリキの木こりの物語を聞きました。

「おれは森の木を切り倒し、それを売るのを生業《なりわい》としていた木こりの息子として生まれたんだ。おとなになって、おれもおやじのあとをついで木こりになった。おやじが死んだあとは、おふくろが死ぬまでそのめんどうを見たさ。その後、おれはさびしくならないように、ひとりで暮らすのをやめて、結婚しようと決心したんだ」

「あるひとりの、そりゃ美しいマンチキンの娘がいてな。おれは心から彼女がいとしいと思うようになった。その娘は、自分のために、もっとましな家を建てるくらいの金がたまったら、結婚してもいいと約束してくれたんだ。だから、おれは以前にもまして、いっしょうけんめい働いた。その子はばあさんといっしょに住んでいたんだが、そいつがなまけ者で、料理や家事をやってくれる者がいなくなるからって、その子の結婚にはすべて反対してきたんだ。ばあさんは東の悪い魔女のところへ行って、二頭の羊と一頭の牛と引き換えに、おれたちの結婚を阻止する約束をとりつけた。魔女は、おれの斧に魔法をかけたんだ。そして、おれが一日も早く新居と新妻を迎えたいと、気合いを入れて木を切っていると、斧がすべっておれの左足を切り落としてしまったのさ」

「最初は、この上なく不幸なことがこの身に降りかかってきたと思ったもんだ。そりゃあ、木こりとしては、片足だと仕事にならないだろう？　そこでおれはブリキ屋に行って、新しくブリキの足をつくってもらうことにしたんだ。足を一度つけて、それに慣れちまうと、これがなかなか調子がよかったんだ。しかし、これがまた東の悪い魔女を怒らしちまった。マンチキンの娘をおれと結婚させないっていう、ばあさんとの約束があったからな。そして、また木を切っていると、こんども斧がすべって、右足を切り落としてしまったんだ。当然、またブリキ屋に行って、右足をつくってもらったよ。そのつぎからは、魔法をかけられたその斧で両腕が片方ずつ切られちまったけど、何てことはない、また、ブリキのを付け替えてもらったんだ。すると、悪い魔女は呪文をかけた斧で俺の首を切り落としたんだ。そのときは、おれもこれで終わりだと思ったね。でも、またまたそこにブリキ屋が通りかかって、ブリキで新しい頭をつくってくれたんだ」

「これでついに、悪い魔女に勝ったと思ったよ。それからいつにもまして、いっしょうけんめい働いたさ。でも、敵がどこまで残酷か、まだわかっちゃいなかったんだ。魔女はどんな新しい方法で美しいマンチキン娘へのおれの気持ちを失わせるかを考え、また斧をすべらせ、おれの胴体をまっぷたつに切るよう魔法をかけたんだ。そのときも、ブリキ屋がおれを助けてくれて、ブリキの胴体をつくり、今まで以上に動きやすいようにと、関節でおれの両腕、両足、首を胴体につないでくれた。しかし、何とそのとき、おれの胸には心臓がなかったんだ。そして、マンチキンの娘への愛情もなくなって、結婚しようがしまいが、おれは気にしなくなっちまったんだ。おそらく、あの子はまだあのばあさんといっしょに住んでいて、おれのことを待っていると思うがな」

「おれの胴体は太陽の下で輝き、それがおれの誇りだった。それに、たとえまた斧がすべっても、全然かまわなかった。おれはもう斧で切れない体になっていたからな。しかし、気をつけなきゃいけないことが、ひとつだけあったんだ。それは、おれの関節がさびないようにしなきゃいけない、ということだ。それで、小屋に油さしを常備して、必要なときにはちゃんと手入れをするよう、心がけていたんだ。ところが、手入れするのを忘れちまったことがあって、その日にかぎって大雨が降ったんだ。やばいと思う前に関節がさびついちまって、きみたちが助けにきてくれるまで、あの森の中に立ち続けていたというわけさ。すごくつらかったが、その年月のあいだ、ゆっくりといろんなことを考えられて、おれが失ったいちばんたいせつなものは、心臓だったって結論に達したんだ。おれは恋に落ちているときがいちばんしあわせだった。でも、心臓がなきゃ、恋などできない。だから、オズさまに心臓をひとつもらえるようにたのむ決心をしたんだ。心臓が手に入った暁《あかつき》には、もう一度マンチキンの娘のところに行って、結婚を申し込むつもりだ」

ドロシーもかかしも、このブリキの木こりの話に熱心に耳を傾けていました。そして、どうして彼がこんなに心臓をほしがっているのか、その理由がよくわかりました。

「いずれにしても」かかしが言いました。「ぼくは心臓ではなく、脳ミソをもらえるようたのむことにしますよ。なぜって、脳なしが心臓をもらったところで、どうしていいの

かわからないでしょうからね」

「おれは心臓のほうを取るな」

ブリキの木こりは答えました。

「脳ミソは人をしあわせにしない。けれど、おれはしあわせなのがいちばんたいせつだと思うからな」

ドロシーは、ふたりの仲間のどちらが正しいかわからなかったので、何も言いませんでした。カンザスのエムおばさんのところに戻れさえすれば、木こりに脳ミソがなくても、かかしに心臓がなくても、ましてや、彼らのほしいものが手に入るかどうかも、気にすることはないと思っていました。

ドロシーがこのときいちばん心配していたのは、パンがほとんど底を尽き、あと一回の食事で、自分とトトの食料がすべてなくなってしまうということでした。木こりもかかしも何も食べなくてだいじょうぶでしたが、ドロシーはブリキでもわらでもできていなかったので、食事をしなければ生き続けることができなかったのです。

第六章　臆病なライオン

　ドロシーと仲間たちは、あいかわらず深い森の中を歩いていました。道は黄色いレンガで舗装されてはいましたが、落ち葉やカラカラに乾いた枝がたくさん落ちており、歩くのがとても困難な道のりでした。
　この森の一帯には、鳥がまばらにしかいませんでした。開けた景色と日の光を鳥たちは好むからです。しかし、ときおり、木々に隠れて野獣の低いうなり声が聞こえてきました。この声がどこから来るのかわからなかったので、ドロシーの心臓の鼓動は速くなりました。しかし、トトはわかっていたらしく、ドロシーのそばについて歩き、ほえ返したりもしませんでした。
「あとどれくらいで」少女はブリキの木こりに聞きました。「森を抜けられるのかしら?」
「おれにもわからないよ」という返事が返ってきま

した。「エメラルドの都には行ったことがないからな。でも、おれがまだ小さいころ、おやじが一回行ったんだ。エメラルドの都のまわりは美しい場所だけど、そこまでたどり着くには、危険な場所を長いこと歩かないといけなかったって、おやじは言っていたな。でも、だいじょうぶさ。おれは、油さしさえあれば何もこわくないし、かかしを傷つけるものは何もない。きみだって、ひたいによい魔女の印がある。それがきみをどんな危険からも守ってくれるさ」

「でも、トトが！」ドロシーは心配そうに言いました。「だれが彼を守ってくれるというの？」

「やつの身に危険がおよんだら、おれたちが守ってやらないといけないっていうことだ」ブリキの木こりは答えました。

ちょうどそのとき、おそろしいほえ声が聞こえたかと思うと、つぎの瞬間、大きなライオンが道へ飛び出してきました。ライオンは前足のひと振りで、かかしをクルクルと道のはしまで突き飛ばし、続いてブリキの木こりに飛びかかり、鋭い爪を立てました。木こりは横倒しになって動けなくなったものの、ライオンの意に反し、ブリキには何の効きめもありませんでした。

小さなトトは、ついに目の前にあらわれた敵のライオンに向かって、ほえながら突進していきました。大きなライオンがその犬をかもうと口を開けたとき、トトが殺されるかもしれないとおそれたドロシーは、危険をかえりみず、ライオンにかけ寄り、できるかぎりの力でライオンの鼻を引っぱたいて叫びました。

「トトをかんだら許さないから！　あなたのような大きな動物が、こんな小さな犬をかむなんて、はずかしいとも思わないの！」

「まだかんでないよぉ」とライオンは、ドロシーに引っぱたかれた鼻を前足でさすりながら言いました。

「でも、かもうとしたでしょ！」ドロシーは言い返しました。「あなたはただの臆病者だわ」

「そのとおりさ」ライオンは、恥じて首をうなだれ、言いました。「わかっていたさ。でも、おいらにどうしろってんだい？」

「あなたが何を考えているのか、わたしにもわからないわ。かかしのような、わらをつめられた人をなぐるなんて！」

「わらでできているのかい？」かかしを立ち上がらせ、形をととのえてあげているドロシーに、ライオンは驚いて聞きました。

「そうよ。見ればわかるでしょ」まだ怒りのしずまらないドロシーは言いました。

「だから、あんなに軽かったんだ」ライオンは言いました。「あんなにクルクル回っていったから、ビックリしたんだ。もうひとりもわらがつめられているのかい？」

「いいえ」ドロシーは言いました。「彼はブリキでできているの」つぎは木こりを立たせてあげながら言いました。

「それで、爪が折れそうになったんだ」ライオンは言いました。「爪でブリキを引っかいたとき、背筋がゾクッとしたよ。おまえさんがたいせつにしているその小さな動物は何だい？」

「犬のトトよ」ドロシーは答えました。

「そいつは、ブリキとかわらでできているのかい？」ライオンが聞きました。

「いいえ。それは、その……な、生身の動物よ」少女は言いました。

「へえ。よく見ると、ふしぎな生きものだね。それによく見るとひどく小さい。そんなに小さな動物をかもうなんて、けっしてだれも思わないよ。おいらのような臆病者以外はね」ライオンは悲しそうに続けました。

「どうしてそんな臆病者になってしまったの？」小さな馬くらい大きなこのライオンをふしぎそうにながめながら、ドロシーは聞きました。

「それは、おいらにもわからないんだ」ライオンは答えました。「生まれたときからそうだったんだと思うよ。森に住むほかの動物たちも、当然おいらが勇敢だって思い込んでいるさ。まあ、ライオンはどこでも百獣の王とされているからね。大きな声でほえれば、

どんな生きものでも、おいらのまえからとんで逃げるってことはわかったんだ。連中の中でも人間に出くわすのがいちばんこわいんだけど、そいつらもおいらがほえれば、すっとんで逃げるのさ。もしゾウやトラやクマがおいらに戦いを挑《いど》んできたら、自分から逃げだすまでさ。なんせ、臆病者だからね。でも、あいつらも、おいらのほえ声を聞くと寄ってこないんだ。もちろん、あとを追うなんてことはしないさ」

「それって、何だか変じゃありませんか？　百獣の王が臆病者ではいけませんよ」かかしが言いました。

「そんなこと、おいらだってわかっているさ」ライオンは答え、しっぽの先で涙をぬぐいながら続けました。「おかげでおいらは不幸者さ。生きていてもつらいだけなんだ。でもさ、危険がせまると、どうしても心臓がドキドキするんだよぉ」

「もしかしたら、心臓の病気なんじゃねぇのか？」ブリキの木こりが言いました。

「きみの言うとおりかもしれない」ライオンは言いました。

「心臓の病気だったら」ブリキの木こりが言いました。「ありがたく思えよ。心臓があるってことがそれでわかるんだからな。おれなんて心臓がないから、心臓病にもなりゃしない」

「たぶん」ライオンは考えて言いました。「心臓がなかったら、臆病者にはならないんじゃないかな」

「きみには脳ミソもあるの？」かかしが聞きました。

「あると思うよ。見たことはないけど」ライオンは答えました。

「ぼくは偉大なオズさまに脳ミソをもらえるよう、たのみに行く途中なのですよ」かかしは言いました。「ぼくの頭には、わらしか入っていませんから」

「そして、おれは心臓をもらいに行くんだ」ブリキの木こりが言いました。

「そして、わたしは、トトといっしょにカンザスに帰してもらえるようにたのみに行くの」ドロシーはつけ加えました。

「オズさまはおいらに勇気をくれるかなあ?」臆病なライオンは言いました。

「できると思いますよ。ぼくに脳ミソをくださるのと、同じくらい簡単に」かかしが言いました。

「おれの心臓ともな」ブリキの木こりも言いました。

「わたしをカンザスに戻してくれることも……ね」ドロシーも言いました。

「そしたら、おいらもいっしょに行ってもいいかなあ」ライオンが言いました。「おいらの人生、もっと勇気がないと、ほんとうに耐えがたいものなんだ」

「ぜひいっしょに来てくれると助かるわ」ドロシーは言いました。「あなたがいれば、ほかの野獣が寄ってくることもないし。そんなあなたに驚かされているようでは、ほかの野獣のほうがよっぽどの臆病者ね」

「ほんとうだよねぇ」ライオンは言いました。「でも、それでも、おいらに勇気がないことに変わりはないさ。おいらが臆病者だと自分でわかっている以上、しあわせに暮らすことなんてできやしないんだ」

そうして、ドロシーの横をライオンが守るようにして歩き、一行は旅を再開しました。トトは、さきほど自分をその大きなあごでつぶそうとした、この新しい仲間を受け入れようとはしませんでした。しかししばらくすると、怒りもおさまり、平静さを取り戻し、今となってはとても仲のよい友だちになりました。

そのあとは一日じゅう、おだやかな旅の雰囲気を台なしにするようなできごとは何もありませんでした。しかし、一度だけ、ブリキの木こりが、道を這っているかぶと虫を踏みつぶしてしまいました。どんな生きものでも傷つけまいとしていたブリキの木こりは、これにはひどく落ちこんでしまいました。木こりは歩きながら、悲しみと後悔の涙を流しました。この涙がほおをつたい、あごのつけねの上を流れたため、そこがさびついてしまいました。ドロシーがブリキの木こりに質問をしたとき、彼は閉じたままさびついてしまった口を動かすことができませんでした。これにパニックを起こしたブリキの木こりは、身ぶり手ぶりで助けをもとめましたが、ドロシーは、彼が何を言おうとしているのかまったく理解できませんでした。ライオンにも、何が起こったのか見当がつきません。しかし、そこで、かかしがドロシーのカゴから油さしを取り出し、木こりのあごに油をさしたので、しばらくすると、木こりはもとどおり話せるようになりました。

「いい教訓になったよ」彼は言いました。「どこを歩いているのか注意深く見るよう、気をつけないとな。昆虫やかぶと虫を踏んだら、どうせまた泣いちまう。涙を流したら、またあごがさびて話せなくなるからな」

その後、ブリキの木こりはしっかりと道を見すえて、用心しながら歩きました。小さなアリが歩いているのを見つけると、踏まないようにまたいで歩きました。ブリキの木こりは、自分に心臓がないのを承知していたので、残酷なことや不親切なことをけっしてしないように、細心の注意をはらっていたのでした。

「心臓のあるきみたちは」ブリキの木こりは言いました。「自分をみちびいてくれるものがあるから、まちがいを起こすことはけっしてないだろう。だがな、おれには心臓がないから、気をつけなきゃいけないんだ。オズさまに心臓をもらえれば、そんなに注意する必要もなくなるんだろうがな」

第七章　偉大なオズへの旅

その日の晩は、あたりに家が一軒も見つからなかったので、一行は大きな木の下ですごさなければなりませんでした。その木は、夜露《よつゆ》から彼らを守る厚い屋根となってくれました。そしてブリキの木こりが斧でたきぎをたくさん切ってくれたので、ドロシーはさびしさと寒さをしのぐ、勢いのよい火を起こすことができました。ドロシーとトトは、最後のパンを夕食に食べてしまい、翌日の朝食をどうしたらいいのか、ドロシーには見当がつきませんでした。

「もしきみがお望みなら」ライオンが言いました。「森に入って、シカを取ってきてあげるよ。人間はなぜか調理された肉のほうが好みらしいから、火であぶれば、おいしい朝食になるだろう」

「お願いだから、そんなことしないでくれ」ブリキの木こりは懇願《こんがん》しました。「シカを殺すなんてことをしたら、おれは絶対泣いて、またあごがさびちまう」

しかし、ライオンは、自分の食糧を調達しに森の奥へと消えていきました。戻ってきたライオンは、何を食べたのかけっして言わなかったので、だれも知る由もありませんでした。かかしは木に実ったナッツを見つけ、ドロシーのカゴいっぱいに取ってきてくれました。それは、当分のあいだ、ドロシーがおなかをすかせることはないくらいありました。ドロシーは、かかしがとても親切でやさしいと思いましたが、かかしがナッツを拾う姿があまりにも滑稽《こっけい》だったので、思わず笑ってしまいました。手袋でできたかかしの手は、あまりにも不器用なうえ、ナッツがあまりにも小さかったので、かかしは拾ってカゴに入れるのと同じくらいの数のナッツを落としていました。しかし、彼はカゴをいっぱいにするのに、どんなに時間がかかっても、いっこうに気にしませんでした。ナッツを拾っていれば、自分を丸こげにしてしまうかもしれない火の粉が飛んでくるたき火のそばに、近寄らなくてもよかったからです。かかしは、たき火からなるべく遠くに自分の身を置き、横になったドロシーに枯れ葉をか

けてあげるときだけ、近くに寄ってきました。この枯れ葉のおかげで、暖かく、寝心地のよいベッドの中で、ドロシーは朝までぐっすりと眠ることができました。

朝日が昇ると、少女は小川で顔を洗い、まもなく一行はエメラルドの都に向けて出発しました。

この日は、盛りだくさんのできごとが起こりました。まずは、一時間も歩かないうちに、目の前に森を二分する大きな割れ目があらわれたのです。左右を見わたしても、どこまでもその割れ目が続いているうえに、幅がとても広く、一行がおそるおそるはしまで近寄ってのぞいてみると、とても深く、下にはとがった岩がいくつも転がっていました。側面は断崖絶壁になっており、だれも歩いて降りられそうにありませんでした。一見して、一行の旅はここで終わってしまいそうでした。

「いったいどうしたらいいのかしら?」ドロシーは絶望的になって言いました。

「まったく見当がつかないな」ブリキの木こりも言いました。ライオンもふさふさのたてがみを横にふり、考えこんでしまいました。そこで、かかしが言いました。

「わたしたちのなかで飛べる者は誰もいませんね。それに、こんなに深い溝だと、崖を降りるのは不可能です。ですからこれを跳び越えなければ、ここで旅は終わってしまいます」

「おいらだったら、たぶん跳び越えられると思うよ」頭の中で注意深く距離を計算したあとで、臆病なライオンが言いました。

「そうしたら、旅を続けることができますよ」かかしが返しました。「ひとりずつきみの背中に乗せて跳び越えてくれますか」

「まあ、やってみるよ」ライオンは言いました。「だれが最初に行く？」

「ぼくが行きましょう」かかしが宣言しました。「ぶじにこの溝の向こう側にたどり着けなかったときにドロシーが乗っていたら、ドロシーは死んでしまうし、ブリキの木こりだったら、下の岩にぶつかってベコベコにへこんでしまいます。でも、ぼくが乗っていれば、落ちてもダメージを受けたりしませんからだいじょうぶなはずですよ」

「おいらだって、落ちたくないよぉ」臆病なライオンは言いました。「でも、やってみる以外、方法はないよね。さあ、おいらの背中に乗っておくれ。さっそく挑戦してみよう」

かかしがライオンの背中に乗ると、大きな四足の獣は溝のはしまで行き、身をかがめました。

「助走をつけて跳んだらどうですか？」かかしが提案しました。

「ライオンはそんなふうにはしないんだよ」ライオンは答えました。そして、思いっきり跳び上がると、空を切り、反対側に難なく着地しました。一行は、ライオンのみごとな跳びっぷりに感心し、かかしがライオンの背中から降りると、ライオンはまた割れ目を跳び越え、こちら側に戻ってきました。

ドロシーは、つぎに行こうとトトを片手に抱え、ライオンの背中によじ登り、もう片方の手でしっかりとライオンのたてがみをつかみました。つぎの瞬間、まるで空を飛んでいるかのような錯覚を覚えましたが、それについて考えるまもなく、気がついたら、ぶじに反対側に着いていました。ライオンは、最後にブリキの木こりを乗せると、全員がぶじにわたることができました。しかし、三度も大きなジャンプをし続けたライオンが、走りすぎた犬のようにゼエゼエ息を吐いていたので、一行は腰を下ろして、ライオンが呼吸をととのえるのを待ちました。

こちら側の森は、それまでの森よりもさらに木々が生いしげり、暗く、重苦しい雰囲気がただよっていました。ライオンがひと休みしたあと、一行は、いつ森を抜け、明るい太陽のもとを歩くことができるのだろうかと、自問自答しながら、黄色いレンガの道を歩いていきました。彼らの不安をさらにかき立てたのは、森の遠いかなたから聞こえる不気味な音でした。ライオンは、ここら一帯はカリダーの住む地域だと、低い声でみんなにささやきました。

「カリダーってなあに?」ドロシーは聞きました。

「胴がクマで、首から上がトラの、とても大きな獣なんだ」ライオンが答えました。「とても長くて鋭い爪で、おいらがトトを殺してしまうのと同じくらいかんたんに、おいらをまっぷたつに切りさけるんだ。おいらは、カリダーがすごくこわいんだよぉ」

「それはこわいわね」ドロシーはうなずきました。「さぞかしおそろしい獣たちなのでしょうね」

ライオンが答えようとしたとき、また深い溝が一行の前に立ちはだかりました。こんどの溝は、前よりもさらに広く、ライオンはひと目で、これは跳び越えられないとわかるほどでした。

そこで、一行はすわりこんで、どうすべきか考えました。真剣に頭を悩ませたかかしが言いました。

「この割れ目のそばに大木がありますよね？　ブリキの木こりが、向こう岸を目ざしてあの木を切り倒してくれれば、かんたんにわたることができますよ」

「それは名案だ」ライオンが言いました。「人間が聞いたら、まるでわらの代わりにほんものの脳ミソがあるとかんちがいするにちがいない」

木こりはただちに腕をふるいました。斧の刃がたいそう鋭かったので、アッというまに、大木に深い切れ込みができました。続いて、ライオンが力強い前足を大木にかけ、エイッとこんしんの力をこめました。すると大木は、ゆっくりと割れ目の反対側へ倒れていき、轟音を立てて向こう側へかかりました。

一行がこの奇妙な橋をわたり始めたとき、鋭いうなり声がうしろのほうから聞こえました。振り返ると、おそろしいことに、クマの胴とトラの頭をした大きな獣が二頭、まっすぐこちらに向かって突進してくるではありませんか。

「カリダーだ！」臆病なライオンは叫び、ふるえ始めました。

「急いでください！」かかしは言いました。「橋をわたり切ってしまいましょう」

トトを抱えたドロシーを先頭にして、ブリキの木こり、そしてかかしが、つぎづぎと橋をわたりました。当然ライオンは恐怖心にかられていましたが、振り返ってカリダーに向かって、これでもかと言わんばかりの大きな声でほえました。あまりにもその声に迫力があったので、ドロシーは悲鳴をあげ、かかしはうしろにひっくり返り、どう猛な怪獣たちも驚いて、足を止めてしまいました。

しかし、自分たちのほうがライオンより大きく、そのうえ、二対一であることに気がついたカリダーたちは、われに返り、ふたたび突進してきました。そのすきに、ライオンもぶじ橋をわたり切り、つぎにカリダーがどうするのか、見ていました。どう猛なカリダーたちは、とまどうことなく木の橋をわたり始めました。それを見たライオンは、ドロシーに言いました。

「もうどうすることもできないよぉ。鋭い爪で切りきざまれちまう。でも、おいらが命をかけて守ってあげるから、おいらのうしろに隠れていて」

「ちょっと待ってください！」かかしが叫びました。かかしはいっしょうけんめい、どうすればいいのか考えていました。そしてブリキの木こりに、こんどは一行がいるほうの橋を切ってくれないかとたのみました。ブリキの木こりは、すぐに斧で幹を切り始めました。そして、うなり声をあげながら醜いカリダーたちがこちら側にわたり切ろうとしたとき、橋が深い溝の底へと落ちていき、大きな音を立てて鋭い岩にぶつかって粉々に砕けてしまいました。

「ああ、よかった」臆病なライオンは、長いため息をついて言いました。「もうしばらく長生きできそうだね。よかった、よかった。死ぬなんて、きっと居心地が悪いだろうからなあ。とってもおそろしい怪獣たちだったから、おいらの心臓はまだドキドキしているよ」

「そうかい」ブリキの木こりはさびしそうに言いました。「おれも、ドキドキするような心臓がほしいよ」

このできごとのあと、一行は、ますます一刻も早く森を出たいという気持ちにかられました。あんまり速く歩いたので、ドロシーは疲れ果ててしまい、ライオンの背中に乗って旅を続けました。うれしいことに、進めば進むほど、木々はしだいに減っていきました。そして、午後になると突然、流れの速い大きな川にぶつかりました。川の向こう岸には、緑の草原に色とりどりの花が点々と咲いている美しい景色の中に、黄色いレンガの道が伸びているのが見えました。その道の両脇には、おいしそうなくだものの実った木々が並んでいました。一行は、しばらくこの美しい風景に見とれていました。

「どうやってこの川をわたったらいいのかしら？」ドロシーは聞きました。

「それなら簡単ですよ」かかしが答えました。「ブリキの木こりがいかだをつくってくれれば、みんなでそれに乗ってわたることができます」

そこで、ブリキの木こりは斧を手ににぎり、いかだをつくれるような細い木を切り倒し始めました。いかだの完成を待っているあいだ、かかしは川岸の木にりっぱなくだものがなっているのを見つけ、たくさんもぎとってきてくれました。一日じゅうナッツしか食べていなかったドロシーは、お礼を言って、おなかいっぱいくだものを食べま

した。

しかし、いかだをつくるには、疲れ知らずで働き者のブリキの木こりでも時間がかかります。日がすっかり暮れたころになっても、いかだは完成していませんでした。そこで、ドロシーたちは木の下に寝心地のよさそうなところを見つけ、朝までぐっすりと眠りました。ドロシーは、エメラルドの都や親切な魔法使いのオズ、そしてそのオズがもう少しで家に帰してくれるという夢を見ました。

第八章　危険なケシのお花畑

　われらが冒険者の一行は、つぎの日、新しい一日への期待に満ちて、寝ざめのよい朝をむかえました。ドロシーはまるでお姫さまのように、川岸の木からとった桃やスモモの朝食をとりました。さまざまな困難のすえ、何とかぶじに通過した暗い森がうしろに広がっていましたが、前方には日の光があふれる美しい景色が、エメラルドの都へと手招きするかのように広がっていました。

　たださけられない現実として、目の前の広大な川がこの美しい国へ進むことを妨げていました。しかし、いかだの完成は間近で、ブリキの木こりがあと数本の幹を切り、それを木釘でつなぎ合わせると、対岸に向けて出発する準備がととのいました。ドロシーはトトをしっかりと胸に抱え、いかだの真ん中にすわりました。臆病なライオンがいかだに乗ると、彼の体重がとても重かったため、ひどく傾いてしまいました。しかし、かかしとブリキの木こりが、バランスをとるためにいかだの反対側に立ち、進行方向を定めるための長い棒を手に持っ

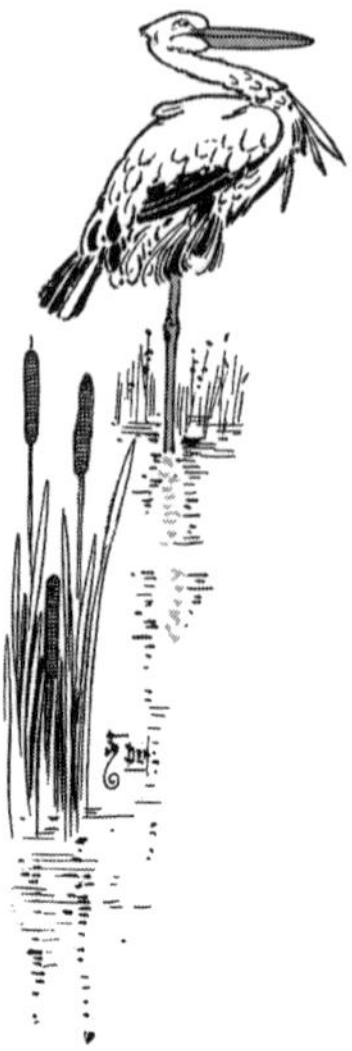

てこぎ出しました。

最初は、うまくいっているように見えました。しかし、川の真ん中にさしかかると、流れがとても速くなり、川下のほうに流され、黄色いレンガの道からどんどん遠ざかっていきました。また、深さも増し、持っていた舵棒《かじぼう》では、川底に届かなくなっていました。

「これはまずいぞ」ブリキの木こりは言いました。「岸にたどり着けなければ、西の悪い魔女の領土に流されちまう。そうなったら、魔法をかけられ、奴隷にされちまうぞ」

「そしたら、脳ミソを手に入れられなくなってしまいますよ」かかしが言いました。

「そしたら、勇気なんて手に入らないよぉ」ライオンは言いました。

「そしたら、心臓は手に入らないな」ブリキの木こりが言いました。

「そしたら、永久にカンザスには帰れないわ」ドロシーは言いました。

「何が何でもエメラルドの都にたどり着かなければいけませんね」かかしがつけ加え、こんしんの力をこめて舵棒を突いたので、舵棒が川底の泥に深く刺さって抜けなくなってしまいました。彼が引っぱるのよりも、はたまた、彼が手を離すのよりも早く、いかだは流されてしまい、かわいそうなかかしは舵棒にしがみついたまま、川の真ん中に取り残されてしまいました。

「さようならぁ！」かかしは一行に叫びました。もちろんいかだに乗っているみんなも、彼を置いていきたくはありません。案の定、ブリキの木こりが泣き出してしまいましたが、またさびてしまうかもしれないということを思い出し、ドロシーのエプロンで涙をふきました。

当然、かかしにとってはふってわいた災難です。

「これは、ドロシーに最初出会ったときよりも状況が悪くなってしまいました」と、かかしは思いました。「そのときは、トウモロコシ畑で棒に吊るされていて、カラスを追いはらえるふりもできましたが、川の真ん中にかかしがいても何の役にも立たないではありませんか。結局、脳ミソは手に入らずじまいってことですか！」

いかだはどんどん下流に流され、かかしとの距離は離れていくばかりでした。すると、ライオンが言いました。

「何とかして脱出しなくっちゃ。そうだ。おいらが岸までいかだを引っぱって泳いでみるよ。おいらのしっぽをしっかりとつかんでいてくれるかい」

ライオンは勢いよく水に飛びこみ、ブリキの木こりがしっかりとそのしっぽをつかみました。ライオンは、必死になって岸を目ざして泳ぎました。それは、とても体の大きいライオンにとっても、たいへんな作業でした。しかし、少しずつ川の濁流からはずれ、ドロシーもブリキの木こりの舵棒を手にとり、いかだを岸に着ける手つだいをしました。

くたくたになりながらも、やっとの思いで美しい芝のはえた岸にたどり着いた一行でしたが、エメラルドの都に通ずる黄色いレンガの道からはずいぶん遠くまで来てしまっていました。

「これからどうすりゃいいんだ？」ブリキの木こりが言いました。ライオンは芝生の上に寝転がり、日光で体を乾かしています。

「何とかして黄色いレンガの道に戻らなきゃ」ドロシーが言いました。

「いちばん確実なのは、川べりをたどって、道まで戻ることだろうね」ライオンは言いました。

そこで、ひと休みしたあと、カゴを手に持ったドロシーと仲間たちは、黄色いレンガの道を目ざして、緑の川岸を流されたぶんだけ戻り始めました。あたりはとても美しく、たくさんの花々や、くだものの木、そして、明るい日ざしが一行を元気づけました。もしかかしもいっしょにいたら、さぞかし一行は楽しく旅を続けられたことでしょう。

一行はなるべく速いペースで歩き、ドロシーもきれいな花をつむために一度立ち止まっただけでした。しばらくすると、ブリキの木こりが叫びました。

「おい、見ろ！」

全員がブリキの木こりが指すほうを見ると、そこにはさびしそうに舵棒にしがみついているかかしが、ポツンと川の真ん中にいました。

「どうやったら助けてあげられるかしら？」ドロシーが聞きました。

ライオンと木こりにはその答えがわからなかったので、首を横に振ることしかできませんでした。彼らはなすすべもなく、川岸にすわり、せつなそうにかかしを見守っていました。するとそこへ、一羽のコウノトリが飛んできて、彼らの前の水辺に降り立ちました。

「あんたたちはだれ？　どこへ行くの？」コウノトリが聞きました。

「わたしはドロシー」少女は答えました。「こちらはわたしのお友だちで、ブリキの木こりさんと臆病なライオンさん。わたしたちはエメラルドの都へ向かう途中なの」

「エメラルドの都はこっちじゃないよ」コウノトリは長い首をひねって、この奇妙な一行をまじまじとながめながら言いました。

「知ってるわ」ドロシーが答えました。「でも、仲間のかかしさんを、どうやったら助けてあげられるか考えていたの」

「そいつはどこにいるんだい？」コウノトリが聞きました。

「あそこよ。川の真ん中」少女は答えました。

「あまり大きくなくて、軽かったら、あたしが連れてきてあげてもいいんだけどねえ」コウノトリが言いました。

「あら、彼ならちっとも重たくはないわ」ドロシーは期待をこめて言いました。「だって彼は、わらがつめてあるだけだもの。ほんとうに運んできてくれたら、ご恩は一生忘れないわ」

「それじゃあ、やってみるかね」コウノトリが言いました。「でも重すぎたら、川に落とすしかないからね」

大きな鳥は空へ飛び立ち、かかしが舵棒にしがみついているところまで水の上を飛んでいきました。コウノトリは、大きな爪でかかしの腕をつかみ、また空に舞い上がり、ドロシー、ライオン、ブリキの木こり、そして、トトがすわっている川岸まで運んできました。

仲間のもとに戻ったかかしは、よろこびのあまりひとりずつ、ライオンやトトまでも抱きしめました。そして、歩き始めてからも、うれしさのあまり、「トル・デ・リ・デ・オ〜！」とステップを踏んで歌っていました。

「あの川の上で一生すごさなければいけないのかと思っていましたよ」かかしは言いました。「でも、親切なコウノトリさんがぼくの命を救ってくれました。だから、脳ミソを手に入れた暁には、またコウノトリさんをさがして、恩返しをいたします」

「気にしないでおくれよ」となりを飛んでいたコウノトリは言いました。「人助けは趣味でね。さてさて、そろそろ行かなきゃ。赤んぼうが巣であたしを待っているからね。それじゃあ、ぶじにエメラルドの都に行けて、オズさまがあんたたちを助けてくれるよう祈っているよ」

「ありがとう」ドロシーが答えると、やさしいコウノトリは空高く舞い上がり、じきに姿が見えなくなりました。

一行は色あざやかな鳥の楽しげなさえずりに耳を傾け、気がつくとじゅうたんのようにびっしりと足もとに咲いている美しい花々をながめながら歩いていきました。黄色や白や青や紫色の大きなつぼみのとなりには、まるでたばねてあるかのように朱色のケシが咲いていました。その色があまりにも派手だったので、ドロシーは目がくらみそうでした。

「何てきれいなんでしょう」少女はスパイスのきいたケシの花の香りを、胸いっぱいに吸いこみながら言いました。

「そうとも言えますね」かかしが答えました。「脳ミソがあれば、きっともっと楽しめるのでしょうけれど」

「心臓さえあれば、気に入ってたかもな」ブリキの木こりがつけ加えました。

「おいら、花はずっと好きだったんだ」ライオンが言いました。「あまりにもはかなくて、華奢《きゃしゃ》なんだもん。でも、おいらの住んでいる森にも、これほどまばゆいのはないなあ」

歩いているうちに、ほかの花の数は減り、この大きな朱色のケシの花が増えていきました。しばらくすると、あたり一面にケシの花が咲く草原に着きました。よく知られていることですが、あまりにもたくさんこのケシの花が咲いていると、香りが強すぎて、それをかいだ人は眠ってしまい、香りの届かないところまで連れ出されなければ、永遠に眠り続けてしまいます。しかし、ドロシーはそれを知りません。それに、どこまでもこの朱色の花が咲いていたので、知っていたとしても、花から逃げることなどできませんでした。案の定、ドロシーのまぶたはどんどん重たくなっていき、どうしてもすわってひと眠りしたい衝動にかられました。

しかし、ブリキの木こりがそれを許しませんでした。

「がんばって夕暮れまでには黄色いレンガの道に戻らないと」と彼は言いました。「かかかしもそれに同意しました。一行は、ドロシーがもう耐えられないというところまで歩き続けました。ドロシーのまぶたは、彼女の意に反してどうしても閉じてしまいます。そして、ついに自分がどこにいるのかも忘れ、ケシのお花畑の中でぐっすりと眠りについてしまいました。

「いったいどうすりゃいいんだ」ブリキの木こりが言いました。

「ここに置いていったら、ドロシーは死んじまうよぉ」ライオンが言いました。「この花の香りにみんな殺されちまう。おいらだってもう、目をあけているのがやっとだよ。それにほら、犬だってもう寝ているよ」

たしかにライオンの言うとおりでした。トトは、幼いご主人さまの横にくずれ落ちてしまっていました。しかし、かかしとブリキの木こりは生身の体ではなかったので、花の香りが気になりませんでした。

「全力で走っていってください」かかしはライオンに言いました。「できるだけ早くこのお花畑から出るのが先決です。ドロシーはぼくらふたりで連れていけますが、きみが寝てしまったら、重たくてぼくたちでは運び出せません」

そこで、ライオンは言われたとおり、力を振りしぼって、必死に走っていき、すぐに彼は地平線の向こうへと消えていきました。

「腕をいす代わりにして、ドロシーを運んでいきましょう」かかしが言い

ました。そして、トトをドロシーのひざに乗せると、手をいす代わりに、腕をひじかけのようにして、寝ている少女を持ち上げ、お花畑を進んでいきました。

歩いても歩いても、巨大なじゅうたんのように広がるおそろしいお花畑は、果てしなく続きます。そして彼らが川に沿って曲がると、そこで友だちのライオンが、ケシの花に囲まれてぐっすりと眠っているのを見つけました。花の香りはこの大きな動物にも強すぎたのです。ライオンは、このケシのお花畑がとぎれ、緑の芝が美しく広がっているすぐ手前で、ついに抵抗する力を失ってしまったのです。

「あいつを何とか助けてやりたいが、おれたちではどうすることもできないな」ブリキの木こりはさびしそうに言いました。「あいつは運ぶには重すぎる。ここで永遠に眠り続け、きっと夢の中でついに勇気を手に入れられるだろう」

「残念でしかたがないです」かかしも言いました。「ライオンは臆病者でしたが、いい仲間でした。しかし、ぼくたちも先を急がなければなりません」

彼らは今も眠り続ける少女を運び、毒々しい香りをかがないようにと、ケシのお花畑から十分に離れた、川べりのやわらかい芝の上に寝かせ、新鮮な空気で彼女が目をさますのを待ちました。

第九章　野ネズミの女王

「黄色いレンガの道からはそう遠くないはずですよ」少女の横に立ってかかしは言いました。「これで、川に流された分は戻ってきたはずですから」

ブリキの木こりが返事をしようと思ったとき、低いうなり声が聞こえました。振り返ると（みごとなちょうつがいのおかげで、じょうずに首だけ振り返れるのです）、奇妙な動物がこちらに向かって突進してくるのが見えました。その正体は、何と黄色いオオヤマネコでした。耳をうしろに倒し、口を大きくあけて、二列の醜《みにく》い歯をむきだし、火の玉のように真っ赤な鋭い目をしていたので、ブリキの木こりは、きっと何かを追いかけているのだと思いました。そのオオヤマネコが近づいてくると、その前を必死に逃げている、小さな灰色の野ネズミが見えました。ブリキの木こりに心臓がなくても、あんなにかわいらしくて、害のない生きものを殺そうなんて思うオオヤマネコはまちがっているとわかりました。

そこで、ブリキの木こりは斧を振り上げ、ヤマネコが通りすぎようとしたときに、勢いよく腕を振りおろしました。すると、スパッときれいにヤマネコの首が飛び、ブリキの木こりの足もとに胴と頭が転がりました。

野ネズミは、敵から解放されたのに気がつき、ピタッと足を止めました。そして、ゆっくりと木こりに近寄ってくると、小さなキイキイ声で言いました。

「まあ、ありがとうございました！　命を助けていただいて心から感謝しますわ」

「気にするなよ。たのむからやめてくれ」木こりは答えました。「おれには心臓がないんだ。だから、あんたのようなただのネズミでも、友だちの助けを必要としているやつはだれでも助けようと心がけているだけさ」

「ただのネズミですって！」その小さな動物は憤慨《ふんがい》して叫びました。「わたしは女王ですのよ。すべての野ネズミの上に君臨する女王！」

「それは失礼した」木こりはおじぎをしました。

「ですから、あなたは女王の命を救うという、すばらしく、そして、勇敢なおこないをしたのです」女王はつけ加えました。

そのとき、何匹かのネズミが、短い足で全力疾走してこちらへ向かってくるのが見えました。そして、女王を見つけると叫びました。

「おお、陛下、あやつめに殺されてしまわれるのかと思いましたぞ！　どのようにしてあのオオヤマネコからお逃げになったのですか?」ネズミたちはあまりにも深々と女王におじぎをするので、まるで逆立ちをしているかのようでした。

「この一風変わったブリキの人に助けられたのです」女王は答えました。「オオヤマネコを殺し、わたしの命を救ってくれたのです。これからは、このかたのどんな小さな願いでも、みなしたがうように。よろしいわね」

「かしこまりました!」すべてのネズミが甲高い声で叫びました。そして、ワッと四方に散っていってしまいました。というのも、そこでトトが目をさまし、たくさんのネズミを見ると、よろこびの声を上げ、ネズミの集団の真ん中に飛びこんできたからです。トトはカンザスに住んでいたころ、ネズミを追いかけるのが好きだったので、ネズミがどう思うかなど考えてもみなかったのです。

しかし、ブリキの木こりがとっさにトトをつかまえ、胸にしっかりと抱きかかえました。そして、ネズミたちに呼びかけました。「戻ってこいよ! もうだいじょうぶだ! トトにきみたちを襲わせたりしないからさ」

それを聞いて、ネズミの女王がくさむらの中から顔をヒョコッと出し、びくびくしながら聞きました。「かんだりしませんの?」

「絶対にそんなことはさせないから、安心してくれ」木こりが言いました。「こわがらなくていい」

一匹、また一匹と、不安そうにネズミが戻ってきました。いっぽうのトトは、ほえることこそしませんでしたが、木こりの腕から抜け出そうとしていました。しかし、木こりがブリキでできているのを知っていたので、かんでまでして逃げようとはしませんでした。すると、いちばん大きなネズミの一匹が口を開きました。

「女王陛下を救ってくださった恩返しとして」そのネズミは聞きました。「われわれに何かできることはありませんか？」

「いや、何も思い当たらないな」木こりは答えました。

そこで、ずっと何かを考えようとしていたけれども、脳ミソがないのでできなかったかかしが、間髪入れずに言いました。「ありますとも。ぼくたちの友だちの臆病なライオンを助けてくれませんか？　ケシのお花畑で眠ってしまっているのです」

「ライオンですって！」小さな女王が叫びました。「そんなことをしたら、わたしたち全員食べられてしまうわ」

「いえいえ」かかしは断言しました。「このライオンはたいへんな臆病者なのです」

「それはたしかですの？」ネズミの女王が聞き返しました。

「自分でそうだと言っているのですから」かかしが言いました。「それに、僕たちの友だちを傷つけることはけっしてありません。もし彼を救い出すお手つだいをしていただければ、彼がみなさんにやさしく接することを保証します」

「いいでしょう」女王が言いました。「あなたがたを信用しますわ。でも、どのようにしてお手つだいしたらよろしいのかしら？」

「このネズミたちのようにあなたの命令を聞き、あなたを女王とあがめるネズミはたくさんいますか?」

「ええ、もちろん。何千匹もいますわ」女王は答えました。

「それでしたら、早急にここに全員集まるよう、召集命令を出してください。そのときに長いひもを、各自一本ずつかならず持ってくるように言ってください」

女王はひかえていたネズミたちに、すぐに全員を集めるよう命令しました。それを聞いたネズミたちは、すぐにあちらこちらにすっとんでいきました。

「さて、つぎは」かかしはブリキの木こりに言いました。「あそこの川のほとりにある木を切って、ライオンを運ぶ台車をこしらえてください」

そこで、木こりはすぐに作業にとりかかりました。まもなく、枝や葉を切り落とした木の大枝で台車をつくりました。木こりは木釘で大枝をつなぎ合わせたあと、大きな丸太を短く切って、四つの車輪もつけました。木こりの作業は手ぎわよく、また迅速《じんそく》だったので、ネズミたちが集まり始めたころには、すでに台車ができあがっていました。

ネズミたちは、何千匹と集まってきていました。大きなネズミ、小さなネズミ、中くらいのネズミと、大きさはさまざまでしたが、それぞれが口

にひもをくわえ、四方八方からやってきました。このころ、ドロシーが長い眠りからさめ、目を開きました。ドロシーは、自分がいつのまにか芝生の上で横になっており、何千匹ものネズミがとまどいながらも、自分のほうを向いているのを見て、驚きを隠せませんでした。かかしはドロシーが寝ているあいだに起きたことを話し、いちばん高貴なネズミのほうを向いて言いました。

「こちらが女王陛下です」

ドロシーは、敬意をこめて会釈《えしゃく》をしました。女王もひざを曲げ、おじぎをしました。そして、そのあとふたりはとても仲よしになりました。

かかしと木こりは、ネズミたちが持ってきたひもで彼らを台車につなげる作業に入りました。ひもの片方をそれぞれネズミの首にくくりつけ、もう片方を台車につなぎました。もちろん台車は、それを引くどのネズミたちよりも何千倍と大きかったのですが、全員がつながれると、難なく引っぱれるくらいになりました。かかしとブリキの木こりが乗っていても、この奇妙な馬車はすごいスピードでライオンが眠る場所に向かっていきました。

ライオンはとにもかくにも重たかったのですが、必死の作業のすえ、何とか台車の上に乗せることができました。すると、ネズミたちがケシの花の香りで眠ってしまうのではないかと案じた女王が、急いで出発の命令を出しました。最初、重くなった台車を引こうとしても、ネズミは小さな動物ですから、たくさんいたにもかかわらず、台車はびくともしませんでした。しかし、木こりとかかしがうしろから押すと、台車は少しずつ動き出しました。そしてついに、毒々しい香りのするケシのお花畑から、新鮮でおいしい空気を吸える緑の草原へライオンを引っぱり出すことに成功したのです。

ドロシーは彼らを出迎え、死の淵《ふち》から仲間を救ってくれた小さなネズミたちにあたたかいお礼のことばを述べました。ドロシーは、この大きなライオンに愛着を感じていたので、彼を救出することができて、ほんとうに安心しました。

ネズミたちは台車からはずされ、それぞれの家路へとくさむらの中を走り去っていきました。そして、最後に女王ネズミが残りました。

「また何かご用があれば」女王ネズミは言いました。「草原へ出て、お呼びください。あなたがたの声を聞いたら、かけつけますわ。それでは、ごきげんよう！」

「さようなら！」一行が言うと、女王は走り去っていきました。そのあいだもドロシーは、トトが女王を追いかけて驚かせないようにと、しっかりと抱いていました。

その後、一行はライオンが目をさますまで、そばにすわって見守っていました。その間かかしが近くの木からくだものを取ってきてくれたので、ドロシーはそれを夕食にしたのでした。

第十章　エメラルドの都の門番

臆病なライオンが目ざめたのは、そのあと、しばらくたってからでした。長いあいだ、ケシのお花畑の中で妖しい香りをかぎ続けていたので、目をさますまでにとても時間がかかったのです。しかし、ライオンがついに目をあけ、ゴロンと台車から落ちたとき、彼は生きていてほんとうによかったと痛感したのでした。

「できるかぎり速く走ったんだけどさ」ライオンは、あくびをしながら起き上がって言いました。「でも、花の香りがおいらにも強すぎたんだ。どうやっておいらを引っぱり出してくれたんだい？」

一行は、野ネズミのことや、彼らが献身的にライオンの命を救ってくれた一部始終を話しました。すると、臆病なライオンは笑いながら言いました。

「おいらは自分のことを、でっかくて、誰にでもおそれられていると思っていたけど、花のような小さなものに殺されかけ、ネズミのような小さな生きものに命を助けられるなんてね。世の中、何が起こるかわからないなぁ！　でも、仲間たちよ、このあとはいったいどうするんだい？」

「また、黄色いレンガの道にぶつかるまで歩くのよ」ドロシーが言いました。「そして、また一路、エメラルドの都をめざすの」

すっかり目がさめ、調子を取り戻したライオンとともに、一行は出発しました。さわやかな緑の草原の中を、やわらかい草を踏みしめて歩くのは、とても気持ちのよいものでした。しばらく行くと黄色いレンガの道にたどり着いたので、エメラルドの都にいる偉大なオズをめざして歩き始めました。

この地域一帯のレンガの道は手入れが行きとどいており、とても歩きやすいものでした。それに、このあたりに広がる景色のなんと美しいことでしょう。森が遠ざかり、そのうす暗い闇で起こったおそろしいできごとから離れていけることに、一行はよろこびました。道ばたにはふたたび塀《へい》が立ち並ぶようになりました。でもこんどは、それが緑色に塗られています。農夫が住んでいると思われる小さな家の前を通ると、その家も緑色に塗られていました。午後にはこのような家の前を、何軒か通りすぎました。ときおり、玄関まで人が出てきて、何かを聞きたそうに、興味津々《しんしん》で一行が通りすぎるのをのぞい

ています。しかし、大きなライオンを見てこわがり、冒険者たちに声をかけたり、ましてや、近づいたりしようとする人はまったくいませんでした。ここの人々はみんな、きれいなエメラルド・グリーンの服を着ており、マンチキンたちと同じようなとんがり帽をかぶっていました。

「ここがオズの国にまちがいないわ」ドロシーは言いました。「エメラルドの都にもどんどん近づいているはずよ」

「そうですね」かかしは答えました。「すべてのものが緑色ですからね。マンチキンたちの好きな色は青でしたけれど。でも、ここの人々は、マンチキンたちほど親切ではないようです。もしかすると、今晩の宿は見つからないかもしれませんね」

「できたら、くだもの以外のものが食べたいわ」少女が言いました。「それに、トトもさぞかしおなかをすかせていることでしょう。つぎに通る家の人たちにお願いしてみましょう」

そこで、なかなかりっぱな構えの農家が見えてくると、ドロシーは意を決して玄関まで行き、ノックしました。すると、女の人が顔をのぞかせるくらいに扉を開けて、こう言いました。

「あんた、何か用かい？　それに、何でそんな大きなライオンを連れて歩いているのさ？」

「もしできたら、今晩泊めてもらえますか」ドロシーが答えました。「それに、ライオンはわたしの友だちでいっしょに旅をしているの。けっしてあなたに危害を加えたりはしないわ」

「飼い慣らされているのかね?」もう少し扉を開き、その女の人が聞き返しました。

「ええ、もちろんよ」少女は言いました。「それに、たいへんな臆病者なの。だから、あなたよりも彼のほうがこわがっていると思うわ」

「そうだねえ」しばらく考えるようにして、もう一度ライオンのほうをチラッとうかがいながら女の人は言いました。「それだったら、泊めてあげようかね。晩ごはんとベッドを用意してあげるよ」

一行は家の中におじゃましました。中には女の人以外に、ふたりの子どもと男の人がいました。男の人は足にケガをしているらしく、すみにあるソファに横になっていました。彼らはこの奇妙な集団を見て、たいへん驚きました。女の人がテーブルに食事の準備をし始めると、男の人が聞きました。

「きみたちはどこへ行くのかね?」

「エメラルドの都までです」ドロシーが言いました。「偉大なオズさまに会いにいく途中なの」

「ほんとうかね!」男の人は声をあげました。「オズさまが会ってくれると思っているのかい?」

「会えないの?」ドロシーは聞きました。

「だれだってオズさま本人にはお目にかかれないって話だ。わしだって、エメラルドの都には何度も行ったことがある。とても美しくすばらしい街だが、偉大なオズさまに会うことは一度も許されなかったし、お顔を拝見したという話も聞いたことがないぞ」

「外へはお出にならないのですか？」かかしが聞きました。

「そのようなことはけっしてなさらない。来る日も来る日もオズさまは、ご自分の宮殿にある玉座の間からお出にならないそうだ。仕《つか》えている者たちも、直接お顔を拝見したことはないらしいぞ」

「どんなおかたなの？」少女が聞きました。

「それに答えるのはむずかしいな」男の人は、物思いにふけるように言いました。「オズさまは、偉大な魔法使いだから、どんな姿にでも自分を変えられるんだ。ある者は、トリのような姿をしていると言うし、ある者は、ゾウのような姿をしているとも言う。またある者は、ネコのような姿をしているとも言う。オズさまは、美しい妖精でもブラウニーでも、ご自身のお好きな姿に変身してあらわれる、と言う者もいる。しかし、どれがほんとうのオズさまのお姿なのかは、だれも知らないんだ」

「それはふしぎね」ドロシーが言いました。「でも、何とかして彼に会わなければ、せっかくの旅がむだになってしまうわ」

「どうしておそろしいオズさまに会いたいのかね？」男の人が聞きました。

「ぼくは脳ミソを入れていただきたいのです」かかしが期待をこめて言いました。

「そんなこと、オズさまの手にかかれば、ちょろいもんさ」男の人は断言しました。「脳ミソなんてありあまっているだろうからな」

「おれは心臓がほしいんだ」ブリキの木こりが言い出しました。

「それもかんたんなこったろう」男の人が言いました。「オズさまは、大小さまざま、ありとあらゆる形の心臓のコレクションをお持ちだからな」

「おいらは勇気をもらえたらいいなって、思っているんだ」臆病なライオンが口を開きました。

「オズさまは勇気の大壺を王座の間に置かれている」男の人が言いました。「しかも、中身があふれ出ないよう、金の皿でふたをしておられるらしい。少しくらいだったら、よろこんでくださるだろう」

「わたしはカンザスに帰してもらいたいの」ドロシーが言いました。

「そのカンザスっていうのはどこにあるのかね?」男の人はビックリして聞きました。

「わからないわ」ドロシーはさびしそうに答えました。「でも、そこがわたしのおうちだから、かならずどこかにはあると信じているわ」

「そうだろうね。まあ、オズさまは何だってできるかただからな。もちろん、カンザ

スも探してくださるだろう。でも、まずはお会いできないと。それがむずかしいんだ。偉大なオズさまは、だれともお会いになりたがらないし、たいていは、お望みのままことが運ぶからね。ところで、きみは何がほしいのかね？」彼は続けてトトにたずねました。しかし、しゃべることのできないトトは、ただ黙ってしっぽをふるだけでした。

食事の用意ができたと女の人が呼びにきたので、彼らは食卓につきました。ドロシーは、おいしいオートミールとスクランブルエッグ、そして白くてきれいなパンをごちそうになり、おおいに食事を満喫《まんきつ》しました。ライオンもオートミールを少し食べてみましたが、あまり口には合わなかったようです。その中には麦しか入っておらず、麦は馬の食べるものでライオンが食べるものではないと、ライオンは言いました。一方、かかしとブリキの木こりは何も口にしませんでした。トトは、ドロシーと同じものを少量ずつもらい、久しぶりにおいしいごはんにありつけてよかったと思っていました。

女の人は食事のあとに、ドロシーのためにベッドを用意してくれました。その横にトトが寝そべり、ライオンは、だれもドロシーを起こさないようにと、ドアの前に陣取りました。かかしとブリキの木こりは、もちろん眠ることができないので、部屋の一角に立ち、朝まで静かに待っていました。

朝が来ると、日の出とともに一行は出発しました。しばらくすると、向こうの空がきれいな緑色に染まっているのが見えました。

「あれがきっとエメラルドの都だわ」ドロシーが言いました。

一行が歩き続けていると、緑の光はさらに輝きを増し、ついに旅の終わりが近づいているかのように思われました。しかし、都をかこむ巨大な壁にたどり着いたころには、午後もすっかり過ぎていました。その壁はとても高く、厚みがあって、明るい緑色に輝いていました。

黄色いレンガの道の終点に着くと、一行の前には大きな門が建っていました。その門にはたくさんのエメラルドがほどこされており、それが太陽の光を受けてまぶしく輝き、ペンキで塗られたかかしの目でさえもくらむほどでした。

門の横には呼び鈴が取りつけてあり、ドロシーがそのボタンを押すと、銀鈴の鳴るような音が中から聞こえました。すると、大きな門がゆっくりと開き、一行は中に入りました。中はドーム型の高い天井の部屋で、その壁には数えきれないほどのエメラルドが飾られていました。

一行の目の前には、マンチキンと同じくらいの背丈しかない男の人が立っていました。彼は、頭のてっぺんから足の先まで、全身緑色の服を着ており、肌さえもどことなく緑がかっていました。彼の横には、大きな緑の箱が置いてありました。

彼はドロシーと仲間たちを見ると言いました。「エメラルドの都へどんなご用かね？」

「わたしたちは、偉大なオズさまに会いにきました」ドロシーは言いました。

男の人はこの答えにたいそう驚き、すわって考えこんでしまいました。

「オズさまにお会いになりたいというかたは何年ぶりだろう」当惑して首を横にふり

ながら言いました。「オズさまは強大な力をお持ちで、とてもおそろしいかただ。もしくだらないお使いや、ばかばかしいお願いをして、瞑想《めいそう》のおじゃまをしようと言うのなら、オズさまの逆鱗《げきりん》に触れ、一瞬にして消されてしまうかもしれんぞ」

「でもぼくたちは、くだらないお使いや、ばかばかしいお願いをしに来たのではありません」かかしが答えました。「とてもたいせつな用事があるのです。それに、オズさまはよい魔法使いだと聞いております」

「そのとおりだ」緑色の男の人は言いました。「それに、このエメラルドの都をうまく、思慮深く治めておられる。しかし、誠意のない者、興味本位で訪れる者には、容赦《ようしゃ》ない制裁を加えられる。ましてや、お顔を拝見したいという命知らずは、ほとんどいないにひとしい。我が輩はここの門番であるからして、そなたたちが偉大なオズさまに会いたいと言うのであれば、オズさまの宮殿に連れていかねばならぬ。だがその前に、このめがねをかけてもらおう」

「どうして?」ドロシーは聞きました。

「なぜならこのめがねをかけないと、エメラルドの都のまぶしさと繁栄がそなたたちの目をつぶしてしまうからだ。この都に住む住民も、朝夕問わず、ずっとめがねをかけていなければならないのだ。オズさまがこの都をつくられたとき、すべてのめがねをカギで固定するよう命じられ、我が輩だけがめがねをはずすカギを持っておる」

門番は大きな箱をあけ、ドロシーがのぞくと、その中には、大きさや形がさまざまなめがねが入っており、どれにも緑色のレンズがついています。門番は、ドロシーにちょうどよいサイズのめがねを取り出し、彼女にかけました。それには金色のベルトがついており、それを頭のうしろに回して、そこでカギをかけるようになっています。門番は、首から下げた鎖につけてある小さなカギで、ドロシーのめがねにカギをかけました。いったんカギがかけられると、はずしたいと思っても、けっしてはずせなくなりました。しかし、エメラルドの都のまぶしい光で目が見えなくなってしまうのもいやだったので、ドロシーは何も言いませんでした。

つぎに緑色の門番は、かかしとブリキの木こりとライオン、そして小さなトトにまでもめがねをかけ、カギをかけました。

そして、門番は自分もめがねをかけると、宮殿まで案内すると言いました。彼は大きな金色のカギを壁かけから取り、反対側の扉を開けました。一行は彼のあとについて正門を抜け、エメラルドの都の街並みへと進んでいきました。

第十一章　オズのふしぎなエメラルドの都

一歩街に足を踏み入れた瞬間、ドロシーと仲間たちは、緑のめがねで目を守っていたにもかかわらず、このふしぎな街のまぶしさに目がくらみそうになりました。通りには、きらびやかなエメラルドをちりばめた、緑の総大理石で建てられた美しい家々が並んでいました。一行は、同じ緑の大理石で舗装された歩道を進んでいきましたが、なんとその歩道のつなぎ目には、何列にもびっしりとエメラルドが埋めこまれており、日の光が反射して光り輝いていました。窓枠にも緑色のガラスがはめこまれており、きわめつけにはエメラルドの都の上空も緑がかっており、日光までも緑色でした。

通りには老若男女、たくさんの人が出歩いていました。みんな緑色の服を着ており、肌も緑がかっています。彼らはドロシーが連れて歩いている奇妙な集団を、ふしぎそうな目で遠巻きにながめていました。子どもたちはライオンを見ると、急いで母親のうしろに隠れました。しかし、だ

れひとりとして、この一行に声をかけようとする者はいませんでした。通りにはたくさんの店が並んでおり、売られている品物をドロシーが見てみると、すべてが緑色でした。緑色のキャンディやポップコーンが大安売りになっていたり、緑色の靴や帽子、さまざまな種類の緑色の服などが店先に並んでいました。街角では、男の人が緑レモネードの売店を出しており、ドロシーが見ると、子どもたちは緑色の小銭でそれを買っていました。

しかし、ここには馬も、それ以外の動物も、何もいないようでした。男の人たちは、小さな荷台を押して色んな物を運んでいました。ここに住む人みんなが、生活に満足し、裕福でしあわせそうな顔をしていました。

門番は通りを抜け、一行を街の中心にある大きな建物へと先導していきました。そこが、偉大な魔法使い、オズの住む宮殿だったのです。扉の前には、緑の軍服と緑の長いあごひげをつけた老兵が立っていました。

「よその国から来た者たちだ」門番が老兵に言いました。「オズさまにお会いしたいと言っておる」

「中に進まれよ」老兵が答えました。「オズさまにそのむね、伝えておく」

一行が宮殿の門をくぐり、中に入ると、緑のじゅうたんと、エメラルドがほどこされた美しい調度品のある大きな部屋へと通されました。老兵は部屋の前で、全員の靴底を緑のマットでふかせ、一行がすわると、ていねいな口調で言いました。

「どうかおくつろぎください。玉座の間の扉にて、ご一行の到着をオズさまに伝えてまいります」

彼らは老兵が戻ってくるまで、ずいぶんと長いあいだ待たされました。やっと彼が戻ってくると、ドロシーが聞きました。

「オズさまにお会いになったの？」

「めっそうもない」老兵が答えました。「一回もお目にかかったことはござらん。オズさまはいつもついたてのうしろにおすわりになっておられるが、そこでご一行の到着をお伝えした。オズさまは、みなの希望通り、お会いになってくださるとのことだ。しかし、お会いになるのはひとりずつだ。そして、一日におひとりずつしか接見をお許しにならなかった。その数日間は、この宮殿にお泊まりになられよ。旅の疲れもいやされるよう、お部屋に案内させよう」

「ありがとうございます」少女が答えました。「オズさまは親切なかたなのね」

老兵は緑色の笛を取り出し、それを吹くと、かわいらしい緑のシルクのドレスを着た娘が部屋へ飛んできました。きれいな緑色の髪と目をした娘は、ドロシーの前で深くおじぎをして言いました。

「わたくしがお部屋へご案内します。どうぞこちらです」

ドロシーは仲間にお別れを言って、トトを胸に抱き、緑色の娘のあとについて、七つの通路と三つの階段を上がり、宮殿の前方にある部屋まで行きました。その部屋は今まで見たこともないようなすてきな小部屋でした。ふかふかした寝心地のよさそうなベッドには、緑のシルクのシーツと、緑のビロードの掛けぶとんが広げてありました。部屋の中央には小さな噴水《ふんすい》があり、緑色の香水が噴射《ふんしゃ》されると、みごとにけずられた緑の大理石の受け皿に落ちるようになっていました。美しい緑の花が窓枠に飾られており、緑の本が並ぶ本棚もしつらえてありました。ドロシーが退屈まぎれにこの本を開いてみると、奇妙な緑色の絵がたくさん描かれており、それがあまりにもおかしかったので、少女は笑ってしまいました。

衣装だんすの中には、シルクやサテン、ビロード地の緑のドレスがたくさんかかっていました。どれを着ても、ドロシーにぴったりのサイズでした。

「どうぞごゆっくりとおくつろぎくださいませ」緑色の娘が言いました。「何かご用のときは、このベルをお鳴らしください。オズさまはあすの朝、あなたにお会いになるそうです」

娘はドロシーを残して、ほかの仲間たちを部屋へ案内しにいきました。それぞれは、宮殿内のとても優雅な部屋へと通されました。もちろんこのもてなしは、かかしにしてみれば無用の長物で、かかしは間の抜けたように入口の近くに立ち、朝までそこから動きませんでした。かかしは別に横になる必要もなく、目をつむることもできないので、世界でもっともすてきな部屋にも感心することなく、ひと晩じゅう部屋のすみで巣を張るクモを見つめていました。ブリキの木こりは、生身の人間だったころの習慣で、ベッドの上に横になりました。しかし、眠ることはできないので、いつでもきちんと動けるように関節を曲げたり伸ばしたりしていました。ライオンの本心としては、森の中で枯れ葉のベッドに寝るほうが性に合っていましたし、部屋に閉じこめられるのは好きではありませんでしたが、そんなことを気にかける必要はないと知っていたライオンは、ベッドの上に飛び乗り、ネコのように丸くなると、のどを鳴らしながら、アッというまに寝てしまいました。

つぎの朝、朝食が終わると、緑の娘がドロシーを呼びにきました。ドロシーは、緑色の紋織《もんお》りサテンのいちばんかわいらしいドレスに着替えました。その上にシルクの緑のエプロンをつけ、トトの首に緑色のリボンを結びました。身じたくがととのうと、偉大なオズに会いに玉座の間へ向かいました。

まずはじめに大きなホールに来ると、豪華に着飾った貴族の女の人や男の人がおおぜい集まっていました。この人たちは、おたがいにおしゃべりをする以外、することがありませんでしたが、毎朝、玉座の間の前に集まっては、オズへのお目通りを許されるのを待っていました。ドロシーがそこにあらわれると、彼らは興味津々のまなざしで、まじまじと彼女を見つめていました。そして、ひとりがささやきました。

「あなたほんとうに、おそれ多いオズさまのお顔を拝見するつもりなの？」

「ええ、そうよ」少女は答えました。「会ってくださるのなら」

「もちろん、お目通りは許された」オズにメッセージを伝えてくれた老兵が言いました。「人と直接お会いになるのは嫌われるおかただがね。当然最初は、たいへんな剣幕《けんまく》でお怒りになり、おまえたちをもと来たところへ送り返せと申された。そののち、そなたたちの容姿を聞かれ、そなたのはいている銀の靴のことを申し上げたら、たいへん興味を持たれた。そして、ひたいにある印のこともお話ししたら、オズさまとの拝謁《はいえつ》を許されると申されたのだ」

するとと鐘が鳴り、緑の娘がドロシーに言いました。

「あれが合図です。おひとりで、玉座の間にお入りくださいませ」

娘が小さなドアをあけると、ドロシーは身をふるい立たせて中に入りました。するとそこは、じつにみごとな部屋でした。円柱の形をしており、頭上を見上げると、天井は高いドーム型で、部屋の壁にも天井にも床にも、エメラルドが敷きつめられていました。天井の中心には、太陽のようにまばゆい光を放つ電灯がついており、エメラルドがその光を受けて美しく光っていました。

　しかし、もっともドロシーの興味を引いたのは、部屋の真ん中にある大きな台座でした。いすをかたどった緑の大理石で、部屋にあるほかのものと同様、キラキラと光る宝石がちりばめてありました。そして、その台座にすわっているのは、巨大な首でした。その首にはささえる体も手足も、いっさいついていませんでした。丸坊主の首には、二つの目と鼻と口はありましたが、どんな巨人の頭よりも、ずっと大きな首でした。

ドロシーが恐怖と興味の混ざったまなざしで首をながめていると、その首の目がゆっくりと動いて、ドロシーを凝視しました。そして、口が動き、声が聞こえました。

「わしが偉大にしておそろしい魔法使いのオズじゃ。おまえは何者だ？　わしに何の用だ？」

　意外にも、この首から想像されるほどこわい声ではなかったので、ドロシーは勇気をふりしぼって答えました。

「わたしは、平凡で従順なドロシーです。オズさまのお力を貸していただきたくて、ここへまいりました」

　大きな目がしばらくドロシーを、上から下まで穴のあくほど見つめていました。一分くらいたったころでしょうか、声が聞こえました。

「その銀の靴はどのようにして手に入れた？」

「東の悪い魔女から手に入れました。わたしの家が魔女の上に落ちて、殺してしまったのです」ドロシーは答えました。

「そのひたいの印はどのようにして手に入れた？」声が続けて聞きました。

「オズさまのところへ行くようにわたしに教えてくれた、北のよい魔女がお別れのキスをしてくれました」少女は答えました。

ふたたびふたつの目がドロシーをにらみつけました。しかし、ドロシーがほんとうのことを言っているとわかると、オズは聞きました。

「おまえはこのオズに何を望んでいるのだ？」

「エムおばさんとヘンリーおじさんのいるカンザスに送り返してほしいの」ドロシーは必死に答えました。「オズさまの国はとても美しいのですが、わたしには合いません。それに、あまりにも長いことわたしが帰ってこないので、エムおばさんもさぞかし心配していると思うの」

大きなふたつの目は三回まばたきしたのち、上を向いたり、下を向いたり、クルクルと奇妙な動きをしました。それはまるで、部屋全体をくまなく見ているようでした。そして、最後にまた、ドロシーをにらみつけました。

「どうしてわしがおまえの願いをかなえなければいかんのじゃ？」オズが聞きました。

「オズさまはお強くて、わたしは弱いからです。オズさまは偉大な魔法使いですが、わたしはただの無力な女の子だからです」彼女は答えました。

「しかし、おまえは東の悪い魔女を退治したほどの力を持っているではないか」オズが言いました。

「それはほんの偶然です」ドロシーは言葉すくなに言いました。「どうすることもできなかったのですもの」

「では」首が言いました。「これがオズさまの結論じゃ。わしの望みをかなえずして、カンザスに帰るというおまえの望みをかなえてやると思ったら、見当ちがいもはなはだしい。この国では、何かを手に入れるためには、その代償をはらわなければならないのじゃ。おまえのために、わしに魔力を使ってほしいと望むのならば、先にわしの願いをかなえなければならぬ。そうすれば、おまえの望みもかなえてやろう」

「どうすればよろしいのですか?」少女は聞きました。

「西の悪い魔女をやっつけてこい」オズが答えました。

「そんなことできません!」ドロシーは愕然として叫びました。

「おまえはすでに東の悪い魔女を倒し、強大な魔力の宿った銀の靴をはいているではないか。おかげで今となっては、この国に残った悪い魔女はただひとりだけじゃ。その残った悪い魔女を退治したとおまえの口から聞いたら、カンザスに帰してやろう。それまでは、願いをかなえることはできぬ」

少女はがっかりして、そのまま泣きくずれてしまいました。すると、大きな目がふたたびまばたきをし、期待をこめて少女を見つめました。それはまるで、偉大なオズの望みをドロシーがかなえようと思えばそうできる、と言っているようでした。

「自分から望んで何かを殺したことなどないのに」ドロシーは泣きじゃくりました。「退治したくても、どうやって悪い魔女を倒せばいいの？　あなたのようなおそろしく偉大なかたがご自分で退治できないような魔女を、わたしにどうやって退治しろと言うのですか？」

「それは、わしにはわからぬ」首が言いました。「しかし、それがわしの答えじゃ。悪い魔女が死ぬまで、おまえは二度とおじさんやおばさんに会うことはできぬ。よく覚えておけ。あの魔女は性悪じゃ。ひどく性悪で、退治されて当然なのだ。さあ、行くがよい。任務を完了するまでここに戻ってこられると思うな」

悲しみに暮れたドロシーは、玉座の間を去って、オズの知らせを待っている、ライオンとかかしとブリキの木こりのところへ向かいました。

「どうすることもできないわ」ドロシーは悲しそうに言いました。「オズさまがわたしに、西の悪い魔女を退治するまで、おうちに帰してくれないっておっしゃったの。それはとてもじゃないけど、私にはできないわ」

仲間たちはドロシーに心から同情しましたが、彼女を励ますことはできませんでした。ドロシーは自分の部屋へ戻ってベッドの上に横になり、泣きながら眠りにつきました。

つぎの朝、緑のあごひげの老兵がかかしのところに来て言いました。

「いっしょに来るがよい。オズさまがお呼びだ」

かかしは老兵のあとについていき、大きな玉座の間に通されました。そこでかかしが見たのは、エメラルドの玉座にすわった、この世のものとは思えないほどうるわしい貴婦人でした。その貴婦人は、緑のシルクオーガンジーのドレスを着ており、緑の長い巻き毛に宝石をちりばめた王冠をつけていました。背中にはあでやかな羽が生えており、それはあまりにも軽いため、わずかな微風にもパタパタと揺れていました。

かかしはこの優美な生きものに、わらをつめられている人間にできる精一杯の優雅さでおじぎをしました。すると、貴婦人はやさしくかかしを見つめて言いました。

「わたくしが偉大にしておそろしいオズ。おまえは何者です？　わたくしに何の用？」

ドロシーが言っていたような大きな首がオズだと思っていたかかしは、しばらく呆然としましたが、われに返って答えました。

「ぼくはわらをつめられた、ただのかかしでございます。だから、ぼくには脳ミソがありません。そのため、何とかわらに代わる脳ミソを入れて、オズさまの配下におられるかたがたと同等の人間にしていただければ幸いと、オズさまにおすがりに来たしだいでございます」

「どうしてわたくしがおまえの願いをかなえなければならないのだ？」貴婦人が聞き

ました。

「オズさまは思慮深く、お力のあるかたで、ほかの人ではぼくを助けることができないからでございます」かかしが答えました。

「見返りがなければ、わたくしは願いをかなえぬ」オズが言いました。「しかし、これだけは約束しよう。わたくしのために、西の悪い魔女を退治した暁には、オズの国でもっとも賢《かしこ》くなれるような、すばらしい脳ミソをおまえに与えん」

「魔女退治はドロシーにまかせたのではありませんか」かかしは驚いて言いました。

「そうだ。しかし、このさい、だれが倒そうとかまわぬ。魔女が死ななければ、おまえの願いはかなわないものと思え。さあ、行くがよい。おまえが望む脳ミソを手に入れる資格を得るまで、ここに戻ってこられると思うな」

かかしは途方に暮れて一行のもとへ戻り、オズの知らせを話しました。ドロシーは、偉大なオズが自分の見たような首ではなく、美しい貴婦人だったことに仰天しました。

「どちらにせよ」かかしが言いました。「ブリキの木こりのように心臓のない人だったよ」

つぎの朝、緑のあごひげの老兵が、ブリキの木こりのところに来て言いました。

「オズさまがお呼びだ。いっしょに来るがよい」

そこで、ブリキの木こりが老兵のあとについていくと、大きな玉座の間へと通されました。自分の前にはたしてきれいな貴婦人が出てくるのか、それとも首があらわれるのか、木こりには見当もつきませんでしたが、きれいな貴婦人が出てきてくれたらいいな、と思っていました。「だって」と木こりはつぶやきました。「首だったら、絶対心臓はくれないだろう。首には心臓がないから、おれの気持ちなんてわかっちゃくれない。でも、うるわしい貴婦人だったら、心臓をくれるよう精一杯お願いしよう。貴婦人はだれでもやさしい心を持っているというからな」

しかし、木こりが大きな玉座の間に進むと、そこには、首でもなく、貴婦人でもなく、おそろしい怪物が台座にすわっていました。ゾウくらいの大きさで、その怪獣の体重をささえるには、緑の台座も心もとないと思うほどでした。この怪物の首は、サイと同じ形をしていましたが、顔には目が五つもありました。五本もの長い腕が胴体から伸び、五本の長くて細い足もついていました。ぶあついゴワゴワとした毛皮で全身がおおわれ、これ以上おそろしいものはとても想像できないほど醜い怪物でした。ブリキの木こりに、今この時点で心臓がないのは、不幸中の幸いでした。なぜなら心臓があったら、恐怖で鼓動が速まってしまうからです。しかし、ブリキだけでできている木こりは、まったく恐怖を感じることなく、とても残念に思うだけでした。

「わしが偉大にしておそろしい魔法使いのオズじゃ」大きなうなり声で怪物がしゃべりました。「おまえは何者だ？　わしに何の用だ？」

「おれはブリキでできた木こりです。ですから、おれには心臓がなく、ものを慈《いつく》しむことができません。お願いですから、ほかの人と同じようになれるよう、心臓をくれませんか」

「どうしてわしがおまえの願いをかなえなければならないのじゃ?」怪物がどなりました。

「おれが本心からお願いしているからです。そして、オズさまだけがこの望みをかなえてくれるからです」木こりが答えました。

オズはこれを聞いて、低くうなり、つっけんどんに言いました。

「心臓がほしければ、それ相当の働きをしなければならぬ」

「どうすればいいのですか?」木こりがたずねました。

「ドロシーが西の悪い魔女を退治するのを手つだうがよい」怪物が答えました。「魔女が死んだら、ふたたびここへ来るがよい。そのときに、オズの国でいちばん広く、やさしく、ものを慈しめる心をおまえにやろう」

落胆したブリキの木こりは、むりやり追い返され、おそろしい怪物のことを仲間に話しにいくしかありませんでした。一行は、偉大なオズが、はたしていくつの正体を持つ者なのか、とてもふしぎに思いました。そして、ライオンは言いました。

「もしおいらが行ったときに、その怪物がいたら、おいら、精一杯ほえて、縮み上がらせて、みんなの願いをかなえてもらえるようにするよ。もしきれいな貴婦人だったら、飛びかかるふりをして、おいらの言うことを聞くと言うまでおどかしてやるさ。大きな首でもだいじょうぶだよ。おいらたちの望みをかなえると約束するまで、床じゅうをゴロゴロと転がしてやるよ。だから安心して、みんな。すべておいらに任せてよ」

つぎの朝、緑のあごひげの老兵がライオンを大きな玉座の間まで連れていき、オズの前に進み出るよううながしました。

ライオンが即座にドアをすり抜け、まわりを見わたすと、何と台座の前には、巨大な火の球があり、正視できないほどの勢いで炎が燃えさかっていました。ライオンはまず、オズにあやまって火がつき、丸焼けになってしまっているのかと思いました。しかし、ライオンが近づこうとしたとき、あまりにも激しく炎が燃えていたので、ライオンのひげはチリチリにこげてしまいました。そこでライオンは、ふるえながらおずおずとドアのほうへ下がっていきました。

すると、低く静かな声が、火の球から聞こえてきて、こう言いました。

「わしが偉大にしておそろしい魔法使いのオズじゃ。おまえは何者だ？　わしに何の用だ？」

それにライオンが答えました。

「おいらはあらゆるものがこわい、臆病者のライオ

ンです。世間で言われている百獣の王になれるように、オズさまに勇気をもらいたいと思ってお願いしにきました」

「どうしてわしがおまえに勇気を与えなければならぬのだ?」オズは問いつめました。

「なぜなら、オズさまはあらゆる魔法使いの頂点に立つかたで、オズさまだけがおいらの願いをかなえてくれる力をお持ちだからです」ライオンが答えました。

火の球の炎が一時激しさを増し、声が聞こえてきました。

「西の悪い魔女が死んだという証拠を持ってきたそのときに、おまえに勇気を与えよう。しかし、魔女が生きているかぎり、おまえは臆病者のまま生き続けるがよい」

ライオンは言われたことに腹を立てましたが、何とも言い返せなかったので、火の球をぼんやり静かに見つめていました。すると、とてつもなく熱くなってきたので、しっぽを巻いて部屋から逃げ出していきました。ライオンは、仲間が待っていてくれたのを見るとホッと安心して、魔法使いとのおそろしい面談について話しました。

「いったいどうすればいいのかしら?」ドロシーはさびしそうに言いました。

「できることはただひとつしかないよ」ライオンが答えました。「それはウィンキーの国へ行って、悪い魔女を探し出し、退治することだよ」

「でも、それができなかったら?」少女が言いました。

「おいらには、勇気が手に入らないってことさ」ライオンがきっぱりと言いました。

「そして、ぼくは脳ミソをもらえないってことですね」かかしがつけ足しました。

「そして、おれには心臓がないままだ」ブリキの木こりが言いました。

「そして、わたしはエムおばさんやヘンリーおじさんに、一生会えないのね」ドロシーはそう言うと、泣き出してしまいました。

「気をつけてくださいな！」緑の娘が叫びました。「涙が緑のシルクのドレスに落ちて、シミになってしまうわ」

そこでドロシーは、涙をふいて、こう言いました。

「やってみなければいけないのね。でも、エムおばさんに会いたいからって、だれかを退治するのはいやだわ」

「魔女を倒せるほど勇敢ではないけど、おいらもいっしょに行くよ」ライオンが言いました。

「ぼくもごいっしょさせていただきますよ」かかしがきっぱりと言いました。「あまり手助けはできないと思いますけど。何しろ脳なしですからね」

「魔女であっても、殺すなんておれは気がひけるよ」ブリキの木こりが言いました。

「でも、きみが行くのなら、もちろんついて行くさ」

そうして、つぎの朝に、出発することが決まりました。木こりは緑のみがき石で斧をとぎ、関節に油も入念にさしてもらいました。かかしは、新しいわらを体につめ直してもらい、もっとよく見えるようにと、ドロシーが目を塗り直してあげました。一行にとても親切な緑の娘は、ドロシーのかごいっぱいにおいしい食べものを入れてくれ、緑の

OZ

リボンでトトの首に鈴をつけてくれました。

一行は早めに床につき、朝日が昇るまでぐっすりと眠りました。彼らは、宮殿の庭にいる緑の雄鶏《おんどり》の鳴き声と、緑の卵を産んだ雌鶏《めんどり》の鳴き声で、朝日とともに目ざめたのでした。

第十二章　悪い魔女を探して

緑のあごひげの老兵は一行を引き連れ、エメラルドの都の街並みを通って、門番の住む部屋まで行きました。門番は一行のめがねをはずして、大きな箱に入れると、ていねいに門の扉をあけてくれました。

「どの道をたどれば、西の悪い魔女の住むほうへ行けるの？」ドロシーは聞きました。

「あそこに向かう道などあるものか」門番が答えました。「だれもそっちへ行きたがらないのでな」

「じゃあ、どうやって魔女を探しあてればいいの？」ドロシーがたずねました。

「それはかんたんさ」門番が答えました。「ウィンキーの国に入ったら、魔女のほうからおぬしたちを見つけて奴隷にしちまうさ」

「そうとはかぎりませんよ」かかしが言いました。「ぼくたちは、魔女を退治しにいくのですから」

「そうしたら、また話は別だな」門番が言いました。「いまだかつてあの魔女を倒した者はおらぬから、必然的に、おぬしたちも今まで西に向かった者ども同様、奴隷にされちまうのかと思ったのだ。しかし、十分に気をつけるがいい。あの邪悪な魔女は容赦ないから、おぬしたちには屈しないかもしれん。ひたすら太陽の沈む西に向かえば、かならず見つけ出せるはずだ」

一行は門番にお礼を言って、お別れをしました。そして、西のほうに向かって、ヒナギクやキンポウゲが点々と咲く野原のやわらかい芝を踏みしめながら歩いていきました。ドロシーは、オズの宮殿に用意されていたきれいなシルクのドレスを着ていました。しかし、外に出てから見ると、何と、そのドレスが緑色ではなく、純白に変わっていたのです。トトの首に巻いたリボンも、緑の色が抜けてしまい、ドロシーのドレスと同じように真っ白に色を失っていました。

しばらくすると、エメラルドの都ははるかかなたへと見えなくなっていました。前に進めば進むほど、大地は荒れ、道はけわしくなっていきました。この西の国には、農家も家もなかったので、土が耕されていなかったのです。

午後になると、太陽が一行の顔を激しく照りつけました。ここには、日かげをつくるような木々もなかったのです。ですから、夜がおとずれる前に、ドロシー、トト、そしてライオンはすっかりくたび

れはててしまい、ブリキの木こりとかかしが番をするなか、草の上に横になって、眠りについたのです。

ところで西の悪い魔女には、目がひとつしかありませんでした。しかしその目は望遠鏡のようにはるかかなたまで見ることができました。魔女がお城の入口の前に腰かけ、あたりを見まわすと、仲間たちに囲まれて寝ているドロシーを見つけました。一行はとても遠いところにいたのですが、悪い魔女は、無断で自分の国に立ち入ったことにとても腹を立てました。そこで魔女は首に下げてある銀の笛を吹きました。

すると、すぐに大きなオオカミの群れがあちらこちらから、魔女のもとにかけつけてきました。オオカミたちはとても長い足と、鋭い牙《きば》と、どう猛な目つきをしていました。

「あそこにいるやつらのところへお行き」魔女が言いました。「そして、バラバラにかみちぎっておしまい」

「やつらを奴隷にはしないのですか?」オオカミのリーダーが聞きました。

「いいや」魔女が答えました。「ひとりはブリキで、ひとりはわら人形、ひとりは少女で、もうひとりがライオンじゃ。だれひとりとして使えそうなやつがいないから、全員切りきざんでかまわぬわ」

「わかりました」オオカミは言い、ほかのオオカミたちをしたがえ、全速力で走っていきました。

幸運にも、かかしと木こりはしっかりと起きていたので、オオカミたちがこちらへ向かっている音を聞きつけることができました。

「ここはおれにまかせろ」木こりが言いました。「おれのうしろに立っていてくれ。来た順に相手をしてやる」

木こりはよくといだ斧をつかみ、オオカミのリーダーが飛びかかってきたときに腕を思いっきり振りました。すると、首が胴体から切り離されて、オオカミはすぐに死んでしまいました。斧をまた振りかざすのとほぼ同時に、つぎのオオカミがおそってきましたが、ブリキの木こりの鋭い武器にはかないませんでした。四十匹のオオカミがいましたが、オオカミはみな残らず殺され、すべてが終わってみると、木こりの足もとにはオオカミが山になって倒れて死んでいました。

ブリキの木こりは斧を下ろし、かかしの横にすわりました。すると、かかしが言いました。

「じつにすばらしい戦いっぷりでしたよ」

翌朝、彼らはドロシーが目ざめるのを待っていました。少女が目をさまし、毛むくじゃらのオオカミが山になっているのを見ると、たいそうこわがりましたが、ブリキの木こりがことの次第を説明しまし

た。ドロシーは、みんなの命を救ってくれたことにお礼をして、朝食をすませると、旅を再開しました。

この同じ朝、悪い魔女は、またお城の入口に腰かけ、遠くを見ることのできる片目であたりを見まわしました。すると魔女の視界に飛びこんできたのは、山になったオオカミの死骸《がい》と、奇妙な一行がまだ自分の領土で旅を続けている姿でした。これを見た魔女はさらに腹を立てて、銀の笛を二回吹き鳴らしました。

するとすぐに、空をうめつくすほどの群れになった野生のカラスが魔女のところへ飛んできました。そこで、魔女はカラスの王に言いました。

「あの侵入者どものところへお行き。やつらの目をついばんで、体を細かく引き裂いておしまい」

野生のカラスはいっせいにドロシーと仲間たちに向かって飛んでいきました。ドロシーはそれを見つけ、とてもこわがりました。しかし、そこでかかしが言いました。

「ここはぼくにまかせてください。さあ、ぼくのとなりに伏せて。そうすれば、ケガをすることはありませんから」

かかしを除いた全員が地面に伏せると、かかしは背筋をまっすぐ伸ばし、両腕を広げました。カラスたちはそれを見て、とてもこわがり、その場にとどまりました。何しろ、こういった鳥はかかしをおそれるものですから、それ以上近寄ろうとはしませんでした。しかし、そこでカラスの王が言いました。

「あれにはわらがつめてあるだけだ。わしがやつの目をくりぬいてやる」
カラスの王は、まっすぐかかしに向かって飛んでいきました。しかし、かかしはそのカラスの頭をつかんで、カラスが動かなくなるまで首をねじりました。すると、つぎのカラスがかかしに向かって飛んできたので、またそのカラスもつかまえ、首をねじりました。かかしは四十回首をひねり、最後には、かかしの足もとに四十羽のカラスが山になって死んでいました。そして、かかしは仲間たちに立ち上がるよう声をかけ、一行は体を起こすと、ふたたび旅立ちました。

悪い魔女がそのあとで、そちらのほうを見ると、山になって死んでいるカラスたちを見つけました。魔女はかんかんに怒って、銀の笛を三回吹き鳴らしました。

ただちにブンブンというすさまじい音があたりに響きわたり、真っ黒なハチの大群が飛んできました。

「あの侵入者どものところへ行って、刺し殺しておしまい!」魔女が命令しました。すると、ハチたちは方向を変え、ドロシーと仲間たちが歩いているところへ向かって、猛烈ないきおいで飛んでいきました。しかし、それを木こりが見ており、かかしもどうすればいいのか、作戦を考えていました。

「ぼくのわらを取り出して、ドロシーとトトとライオンの上にまいてください」かかしが木こりに言いました。「そうすれば、彼女たちが刺されることはありません」木こりは言われたとおりに、ライオンとドロシーたちのそばに横になり、トトをしっかりと腕に抱いたドロシーの上にわらをかぶせました。すると三人は、わらですっぽり隠れてしまいました。

ハチの大群がそこに到着すると、刺す相手が木こりしかいなかったので、ハチは、いっせいに木こりに向かって飛んでいきました。しかし、木こりはブリキでできていたので、刺されることはなく、逆に、ブリキに当たったハチの針がすべて折れてしまいました。ハチは針が折れてしまうと生き続けることができませんから、この黒バチたちもいっかんの終わりでした。すべてが終わると、ハチたちは小さな炭のように、木こりの足もとにこんもりと山をつくっていました。

ドロシーとライオンは起き上がり、少女とブリキの木こりは、かかしにわらをもとどおりつめ直してあげました。そして、一行はまた出発しました。

悪い魔女は、炭の山のように落ちている黒バチを見ると、今までになく憤慨《ふんがい》して、地《じ》団駄《だんだ》を踏み、自分の髪を引きちぎり、歯ぎしりをしました。そして、十二人のウィンキー奴隷を呼びつけると、とがった槍《やり》をあたえ、侵入者たちを退治するよう命じました。

ウィンキーたちは勇敢な一族ではありませんでしたが、命令にそむくわけにはいきません。そこで、ドロシーたちの近くまで行進していきました。すると、ライオンが大きな声でほえ、ウィンキーたちに飛びかかっていったので、かわいそうなウィンキーたちはおそれおののいて、一目散に逃げ帰っていきました。

悪い魔女は、お城に戻ってきたウィンキーたちに、むちでこっぴどくお仕置きをし、奴隷仕事に戻るように命令しました。そのあと、策が尽きた悪い魔女はどうするべきか考えをめぐらせました。魔女は、どうしてこの侵入者どもに向けたどの作戦もうまくいかないのか、まったく理解できません。しかし、彼女は強大な魔力を持つ、性悪な魔女だったので、ついに、どうすればいいのか判断を下しました。

魔女の戸棚には、ダイヤやルビーでふちどられた金色の帽子が置いてありました。この金の帽子には、ある魔力が宿っており、帽子の持ち主に、空飛ぶサルを三回呼び出し、何でも命令を言いつける力をあたえるのでした。しかし、この奇妙な動物たちをそれ以上呼び出すことは、だれにもできませんでした。悪い魔女はすでにこの帽子を二回使っていました。一回目は、ウィンキーを奴隷にし、この国を支配したときで、空飛ぶサルたちが彼女に手を貸したのでした。二回目は、偉大なるオズ本人と戦って、西の国から彼を追い出したときでした。このときも、空飛ぶサルたちが彼女に手を貸したのです。この金の帽子を使えるのはあと一回だったので、彼女はほかの魔法を使い切ってしまったときのために、たいせつにとってあったのです。しかし、魔女のどう猛なオオカミたちも、野生のカラスたちも、針を持ったハチたちもいなくなってしまい、奴隷たちも臆病なライオンに追い払われてしまった今となっては、この帽子を使うことだけが、ドロシーと仲間たちを倒す唯一の道だったのです。

そこで、悪い魔女は戸棚から金の帽子を取り出し、頭に乗せました。そして、左足で立って、ゆっくりと呪文をとなえました。

「エッピー、ペッピー、カッキー！」

つぎに、右足だけで立って唱えました。

「ヒーロー、ホーロー、ハーロー！」

そのあと、両足で立って、大きな声でとなえました。

「ジージー、ズージー、ジック！」

すると、魔力が効き始めました。空が暗くなり、地を這うような低い音があたりに響き始めたのです。無数の羽音とともに、甲高い笑い声やけたたましい話し声が聞こえ、暗闇から太陽が差しこむと、悪い魔女のまわりにはたくさんのサルがおり、それぞれの背中には、力強い、りっぱな翼がついていました。

その中でもひとまわり大きなサルが、どうやら彼らのリーダーのようでした。彼は魔女に近寄り、こう言いました。

「これであんたは、三度われわれを呼び出した。これが最後だ。願いは何だ？」

「あの侵入者どものところへ行き、ライオン以外の全員をやっつけておしまい」魔女が言いました。「あのライオンは、馬のように手綱《たづな》をつないで働かせるつもりだから、ここに連れてくるんだよ」

「仰せのままにしてしんぜよう」リーダーが言い

ました。そして、ガヤガヤと大騒ぎしながら、ドロシーと仲間たちが歩いているところまで飛んでいきました。

何匹かのサルがブリキの木こりをつかみ上げ、空を飛び、とがった岩が無数に転がっているところまで運んでいきました。ここで、サルたちが気の毒な木こりをはなすと、彼はずっと下にある岩場へと落ちていってしまいました。木こりはあちらこちらがへこんでしまい、ひどくゆがんでしまったので、声を出すことも、体を動かすこともできませんでした。

また、何匹かのサルがかかしをつかんで、長い指で、彼の体や服や頭から、わらを全部引っぱり出してしまいました。そして、彼の帽子やブーツや服を小さくたばねて、高い木の上に投げてしまいました。

残りのサルたちは、何本もの太いなわをライオンに巻きつけ、ライオンがかんだり、引っかいたりできなくなるばかりか、いっさい身動きがとれなくなるまで、体じゅうをぐるぐる巻きにしました。そして、彼を持ち上げ、魔女のお城まで飛んでいきました。お城に着くと、ライオンは逃

げ出せないように高い鉄格子で囲まれた小さな中庭に入れられてしまいました。

しかし、サルたちはドロシーに手を下すことはありませんでした。ドロシーはトトを胸に抱きながら、もうすぐ自分の番が来てしまうと、つぎつぎと連れていかれる仲間たちの悲しい運命《さだめ》を見つめながら立ちすくんでいました。空飛ぶサルのリーダーが長くて毛深い腕を伸ばし、不細工な顔に不敵な笑みを浮かべながら飛びせまってきました。しかし、リーダーは、ドロシーのひたいにあるよい魔女の印を見ると、ピタッと止まり、彼女に手を触れないようにと、ほかのサルたちに身ぶりで指示しました。

「この少女に危害を加えると、たいへんなことになるぞ」リーダーはほかのサルたちに言いました。「こいつは、よい魔法に守られている。よい魔法は悪い魔法よりも強力だ。われわれにできるのは、悪い魔女の城まで運んでいくことだけだ」

そこで空飛ぶサルたちは、ていねいにゆっくりとドロシーを抱え上げ、急いでお城まで連れていき、入口の階段に降ろしました。そして、空飛ぶサルのリーダーは、魔女に言いました。

「われわれは、あんたの言いつけにできるかぎりこたえた。ブリキの木こりとかかしは処分し、ライオンはあんたの庭につないである。でもこの少女にも、彼女が抱えているこの犬にも、けっして手は下せない。あんたがわれわれを配下に置くことはもうできない。もう二度とわれわれに会うことはないだろう」

すると空飛ぶサルたちは、またガヤガヤと大騒ぎしながら飛んでいき、まもなく空のかなたへと消えていきました。

　悪い魔女が、ドロシーのひたいにある印を発見すると、驚きと不安でいっぱいになりました。この印のために、空飛ぶサルも、魔女自身も、けっして少女に危害を加えることができないと、魔女にはよくわかっていました。そして、ドロシーが銀の靴をはいているのを見つけると、その靴に秘められた魔力を知っている魔女はおそろしくなってふるえ始めました。魔女はドロシーのもとから逃げたい衝動にかられましたが、少女の目を見ると、あまりにも素直なたましいの持ち主で、銀の靴がどんなにすばらしい魔力を秘めているのかをまったく理解していないのがわかり、ほくそ笑んでこう思いました。

「まだこの娘を奴隷にすることはできるぞ。自分が持つ力を自覚しておらぬではないか」

そして、ドロシーに向かって、容赦ない口調できびしく言いました。

「さあ、こっちへ来るんだよ。あたしが命じることを全部そのとおりにやらないと、おまえもブリキの木こりやかかしのような目にあうからね」

　ドロシーは魔女に連れられ、お城の中にあるいくつもの美しい部屋を抜けて、調理場まで行きました。そこで魔女は、なべややかんを洗い、床を掃いて、暖炉の火を絶やさないようにと、ドロシーに命じました。

　ドロシーは、悪い魔女が自分をすぐに殺すつもりではないことを知り、ホッとしました。そして、仕事をおとなしくいっしょうけんめいやろうと決心し、あたえられた作業に取りかかりました。

ドロシーがせっせと仕事を始めると、魔女は中庭に行って、ライオンを馬のように手綱につなごうと思い立ちました。魔女は、自分が馬車に乗ってドライブに出かけるときに、ライオンに馬車を引かせたら、さぞかし楽しいだろうと考えていました。しかし、魔女が囲いの門をあけると、ライオンが大きな声でほえ、ものすごい剣幕で飛びかかってきたので、魔女はびっくりし、あわてて逃げ出すと、門を閉めました。

「おまえがおとなしく手綱につながれないなら、それでもかまわないさ」魔女はライオンに向かって門の格子越しに言いました。「だが、おまえを餓死《がし》させることはできるぞ。あたしの言うことを聞くようになるまで、食事はいっさいあたえないからね」

その後、魔女は、とらわれの身となったライオンに食事を持っていくことはありませんでした。しかし、いつも正午に門のところに来ては、ライオンに聞きました。

「馬のように手綱を引くか?」

すると、ライオンの答えはいつも同じでした。

「いやだい。この檻《おり》の中に一歩でも入ってきたら、おまえをかみ切ってやるからな」

なぜライオンが魔女の言いつけにしたがわなかったのかというと、毎晩、魔女が寝ているすきにドロシーが戸棚から食べものを持ち出し、ライオンに食べさせてくれていたからでした。ライオンが食事を終え、わらの寝床に寝そべると、ドロシーも横になり、ライオンのやわらかくてふさふさしたたてがみを枕にして、今自分たちが置かれている状況や、どうやってここから逃げ出すかを話し合いました。しかし、いつも悪い魔女の奴隷下に置かれ、恐怖のあまりまったく逆らおうとはしない黄色いウィンキーたちが逃げ道を見張っていたため、このお城から脱出する方法はなかなか見つかりませんでした。

　少女は昼のあいだ、息つくひまもなく働かされました。魔女はいつも持っている古いかさで、これでひっぱたくぞと、ドロシーをしょっちゅうおどかしました。しかし、じっさいには、ドロシーのひたいに印がある以上、そうすることはけっしてできませんでした。でも、少女はこの事実を知らなかったので、本気で自分自身とトトの身を心配しました。一度、魔女がトトをかさで思いっきり叩いたときがありましたが、小さな犬は勇敢《ゆうかん》にも魔女に飛びかかり、仕返しにかみつきました。ところが、魔女はあまりにも性悪で、何年も前に体内の血が干上がってしまっていたので、血を流すこともありませんでした。

　日がたつにつれ、カンザスはもとより、エムおばさんのもとに帰るのが今まで以上に困難だということを実感し始めたドロシーは、日に日にみじめな気持ちになっていきました。ときおりドロシーは、何時間もさめざめと泣くことがありました。ドロシーの気持ちを察したトトは、そんなとき、ご主人さまの顔を見上げ、クンクンと憂鬱《ゆううつ》そうに鼻

を鳴らしました。トトとしては、ドロシーがいっしょにいさえすれば、カンザスであろうがオズの国であろうが、自分がどこにいるのかなんてまったく気にしませんでしたが、ドロシーが不幸せだなとわかると、自分も同じ気持ちでいっぱいになりました。

さて、この悪い魔女はつね日頃から、ドロシーがはいている銀の靴がほしいと思っていました。魔女のハチやカラスやオオカミは、死骸となって干《ひ》からび始めていました。金の帽子の魔力ももう使い切ってしまいました。しかし、銀の靴さえあれば、今までに失ったどんな魔法よりも強い力が手に入るのです。魔女はドロシーをするどく観察し、彼女が靴をぬいだすきに盗んでしまおうとたくらんでいました。しかし、このすてきな靴をとても気に入っていたドロシーは、夜、お風呂に入るとき以外は、けっしてぬぐことがありませんでした。魔女は暗がりをとてもおそれていたので、夜、ドロシーの部屋に忍びこんで、靴を盗むことはできませんでしたし、それ以上に水をこわがっていたので、ドロシーがお風呂に入っているときに近づいたりということも、むろん考えもしませんでした。事実、老いぼれ魔女はけっして水に触れることもありませんでしたし、水のあるところに近寄ることもありませんでした。

しかし、この性悪魔女は、とても悪知恵が働きました。そして、ついにいい考えを思いついたのです。魔女は鉄の棒を調理場の床の真ん中に置き、人の目に見えないように魔法をかけました。ドロシーが床を横切ると、見えない棒につまずいて、思いっきり転んでしまいました。大ケガはしませんでしたが、転んだ拍子に銀の靴が片方ぬげてしまい、ドロシーが手に取るよりも早く、魔女は靴をひっつかみ、やせ細った足にはいてしまったのです。

この悪い魔女は、自分の作戦が成功したことにたいそうよろこびました。たとえ片方だけでも、その靴を彼女がはいているうちは、魔力を半分持っていることになり、ドロシーが靴に秘められた魔力の使い道を知っていたとしても、魔女には効きめがないとわかっていたからです。

少女は、自分のお気に入りの靴を片方取られたのに腹を立て、魔女に言いました。

「その靴を返して！」

「あきらめるんだね」魔女は言い返しました。「これはあたしのものだ。もうおまえのものじゃないんだよ」

「なんて意地の悪い人なの！」ドロシーは泣き叫びました。「わたしのものを勝手に取る権利はないわ」

「どちらにしても、これはもうあたしのだ」魔女はあざ笑いながら言いました。「いつか、もう片方も手に入れてやるわい」

これを聞いて堪忍袋《かんにんぶくろ》の緒《お》が切れたドロシーは、近くに置いてあったバケツを手に取り、中に入った水を魔女に思いっきり投げつけました。魔女は頭から足の先まで、水びたしになってしまいました。

すると、悪い魔女は悲痛な叫び声を上げ、ドロシーがふしぎそうにながめていると、どんどん溶け始めたのです。

「なんてことをしてくれたんだい！」魔女は悲鳴をあげました。「溶けてなくなってしまうじゃないか」

「ほんとうにごめんなさい」まるで黒砂糖のように目の前で溶けていってしまう魔女に、心の底からおそれをなしてドロシーは言いました。

「水にさわるとあたしゃ死んじまうんだよ、知らなかったのか？」魔女は絶望的な声でなげき叫びました。

「そんなこと知らないわ」ドロシーは答えました。「知るわけないじゃない？」

「しばらくしたら、あたしは跡形《あとかた》もなく溶けちまう。そしたら、この城はあんたのものさ。生まれてこのかた、性悪ですごしてきたが、まさかおまえのような幼い少女に溶かされ、悪業がおこなえなくなるとは夢にも思わなかった。おっと――これでおしまいだ！」

するとこのひとことで、魔女はくずれ落ちて、茶色の溶けた液体に変わってしまい、調理場のきれいな床の上に広がっていきました。ほんとうにただの液体になり果ててしまった姿を見て、ドロシーはバケツにもう一杯水をくむと、その液体の上にかけました。そして、

モップでそれをドアの外に掃き出してしまいました。最後に、老婆が唯一残した銀の靴をつまみ上げ、洗って布で拭いたあと、もう一度はき直しました。ついに自由の身となったドロシーは中庭に走り出し、西の悪い魔女を倒し、これで見知らぬ土地でのとらわれの身から解放されたと、ライオンに告げにいきました。

第十三章　仲間たちの再会と救出

臆病なライオンは、悪い魔女がバケツ一杯の水で溶けてなくなってしまったという知らせにたいそうよろこび、ドロシーはすぐさま門のカギをあけ、とらわれの身となっているライオンを自由にしてあげました。ふたりはいっしょにお城の中に戻ると、ドロシーはまずウィンキーたちを全員集め、彼らが奴隷の身から解放されたことを告げました。

黄色のウィンキーたちは、長年悪い魔女の下でむごいあつかいを受け、過酷な労働を課せられていたので、おおいに歓喜の声をあげました。彼らはその後、この日を祝日と制定し、それから毎年盛大な宴《うたげ》をもよおしたのです。

「おいらたちの仲間だった、かかしやブリキの木こりもここにいたら」ライオンが言いました。「おいらはこのうえなくしあわせなんだけどなあ」

「彼らを何とか助け出せないかしら？」少女は期待をこめて言いました。

「やってみようか」ライオンが答えました。

そこで、彼らは黄色いウィンキーたちを呼んで、仲間を救出する手助けをたのみました。ウィンキーたちは、自分たちを呪縛《じゅばく》から解放してくれたドロシーのためだったら、できるかぎりのことをしたいとよろこんで賛同しました。そこで、この土地のことをもっともくわしく知っていそうな何名かのウィンキーを選び、ふたりは捜索《そうさく》の旅に出発しました。一行は、ブリキの木こりがボコボコに折れ曲がって倒れている岩場まで、つぎの日の午後にはたどり着きました。彼の斧も近くに落ちていましたが、刃はすっかりさびており、柄《え》も折れてしまっていました。

ウィンキーたちはやさしく彼を抱き起こし、黄色い城までかついでいきました。ドロシーは帰りの道中、変わり果てた仲間の姿に涙を流し、ライオンも木こりに同情し、落ちこんでいました。お城に戻ると、ドロシーはウィンキーたちに言いました。

「あなたがたの中で、ブリキ屋さんはいますか？」

「ええ、おりますとも。とても腕ききのブリキ屋が何名かおりますぞ」彼らは答えました。

「その人たちを呼んできてくださいな」ドロシーが言いました。そして、ブリキ屋たちが工具をカゴに入れてくると、ドロシーは彼らにたずねました。

「ブリキの木こりのへこんでいるところをたたいて、曲がっているところはまっすぐに、こわれてしまっているところははんだでくっつけてくれますか？」

ブリキ屋たちはブリキの木こりをくまなくチェックすると、新品同様に修繕《しゅうぜん》できるという結論をドロシーに告げました。そして、お城の中にある大きな黄色い部屋のひとつを作業場として、三日と四晩働き続け、ブリキの木こりの足や胴体や頭を打ちつけたり、折ったり、曲げたり、はんだでくっつけたり、みがいたり、たたいたりしました。ついに木こりは、関節もなめらかに曲がるもとの姿に戻りました。もちろん、何か所かはつぎはぎになっていましたが、心やさしいブリキの木こりは、ブリキ屋たちのすばらしい仕事ぶりに感激し、つぎはぎなどまったく気にしませんでした。

ブリキの木こりは、命を救ってくれたお礼を言いにドロシーの部屋へ行くと、感無量になって、よろこびの涙を流しました。ドロシーは、ブリキの木こりの関節がさびつかないように、彼のほおを伝う涙をエプロンでこまめにぬぐってあげました。ドロシーもこの再会をたいへんよろこび、涙をあふれさせましたが、この涙はふき取らなくてもだいじょうぶでした。ライオンは、しっぽの先で何回も涙をふいたので、グショグショにぬれたしっぽを、中庭で日光にあてて乾かさなければなりませんでした。

「かかしもここにいたら」ドロシーがブリキの木こりに、このお城で起こったことのすべてを話したあとで、木こりが言いました。「おれはこのうえなくしあわせになれるよ」

「彼を探しにいかなければいけないわね」少女が言いました。

そこで、ドロシーたちはウィンキーたちを呼んで、助けを求めました。そして一行は、空飛ぶサルたちがかかしの服を放り投げた大木に、つぎの日の午後にはたどり着きました。

その大木は空高くまで伸びており、幹がつるつるだったので、だれも登ることができませんでした。そこで、木こりが言いました。

「おれが切り倒してやる。そうしたらかかしの服を取れるだろう」

さて、ブリキ屋が木こりをもとの姿に修繕しているあいだに、金細工師のウィンキーが、折れてしまった斧の柄に代わる新しい柄を純金でつくり、木こりの斧に取りつけていたのです。そして、ほかの者たちが斧の刃をといでいたので、さびがきれいに取れ、よくみがかれた銀のように光り輝いていました。

ブリキの木こりがそう提案すると、ただちに大木相手に腕をふるいました。まもなく大木はドシンと大きな音を立てて倒れ、枝の中からかかしの服が地面へ転がり落ちてきました。

ドロシーはそれを拾い上げ、ウィンキーたちにお城へ持って帰ってもらいました。そこで服に新鮮なわらをつめると、なんとかかしはもとどおりの姿に戻り、みんなに何度もお礼を言っているではありませんか。

全員そろったドロシーと仲間たちは、黄色い城で何ひとつ不自由のない、楽しい日々をすごしていました。しかし、ある日、ドロシーはエムおばさんのことを考えながら言いました。

「約束を果たしてもらいに、オズのところに戻らなければいけないわ」

「そうだ」木こりが言いました。「これでやっと心臓が手に入るぞ」

「これで、脳ミソが手に入るのですね」かかしがうれしそうに言いました。

「これで、勇気を手に入れられるんだね」ライオンが物思いにふけりながら言いました。

「これで、カンザスに帰れるのね」ドロシーは手をたたいて喜びました。「さっそく明日、エメラルドの都へ出発しましょう！」

一行はそうすることに決め、出発の日に、ウィンキーたちを集め、お別れを言いました。ウィンキーたちは、一行が旅立ってしまうのをとても残念がりました。とくに彼らは、ブリキの木こりをあがめるようになっていたので、彼にはここに残って、ウィンキーたちの黄色い西の国を治めてくれるようたのみました。しかし、彼の決意が固いのを知ると、ウィンキーたちはトトとライオンにそれぞれ金の首輪をつけてあげ、ドロシーにはダイヤがほどこされた腕輪をプレゼントしました。かかしには、転んだりしないようにと、金の取っ手のついたステッキをあげ、ブリキの木こりには金と宝石がはめこまれた銀の油さしを贈りました。

冒険者たちはそれぞれ、ウィンキーたちへ感謝のスピーチを残し、腕が痛くなるまで握手を交わしました。

ドロシーは魔女の戸棚に行き、旅にそなえてカゴいっぱいに食料を入れました。すると、その戸棚の中には、金の帽子が置いてありました。ドロシーがその帽子をかぶってみると、ぴったりと合いました。ドロシーは、この金の帽子に秘められた魔力のことをまったく知らなかったのですが、あまりにきれいだったので、日よけ帽をカゴに入れて、その帽子をかぶって行くことにしました。

旅の準備が完了すると、一行は一路、エメラルドの都へ向けて出発しました。ウィンキーたちは万歳を三唱し、旅の安全を祈りながら送り出しました。

第十四章　空飛ぶサル

読者のみなさんは覚えておいででしょうが、悪い魔女のお城とエメラルドの都の間にはそれをつなぐ道も小道の一本もありませんでした。この四人の冒険者たちが魔女を探しに出発したときには、魔女のほうが近づく彼らを発見し、空飛ぶサルを呼びだし、一行をお城へと連れてこさせたのです。そのときと同じキンポウゲと黄色いヒナギクの咲く広大な野原を歩いていくのは、空をひとっ飛びで連れてこられるのよりずいぶんと困難な道のりでした。ひたすら太陽の昇る東へ進まなければならないということを一行はわかっていましたし、出発当初は正しい方向へ向かっていました。しかし、お昼になると、太陽は真上から照りつけ、一行はどっちが西でどっちが東なのか、まったく見当がつかなくなってしまいま

した。そのため、広大な野原のど真ん中で、迷子になってしまったのです。でも、彼らは歩き続け、夜になると月が昇って、彼らを明るく照らしました。そこで一行は、と言っても、かかしとブリキの木こりをのぞいてですが、かぐわしい黄色い花々に囲まれて、ぐっすりと朝まで眠りました。

夜があけると、太陽は雲のうしろに隠れてしまいました。にもかかわらず、彼らはまるで進むべき方向がわかっているかのように歩き続けました。

「歩いていれば」ドロシーは言いました。「いずれどこかに出るはずよ、絶対に」

しかし、くる日もくる日もいくら歩き続けても、黄色い野原が広がる以外、何も見えてきませんでした。かかしはついにブツブツ文句を言い出しました。

「絶対、迷子になっていますよ」彼は言いました。「ちゃんとエメラルドの都に向けて、軌道《きどう》を修正しないと、脳ミソを手に入れるなんてできなくなってしまいますよ」

「おれの心臓だってそうさ」ブリキの木こりが宣言しました。「心臓があれば、オズにたどり着くのを心待ちにしているはずなのに、ずいぶんと長い旅になっているぞ」

「じつは」臆病なライオンが、べそをかきながら言いました。「あてもなく歩き続けるほどの勇気がおいらにはないんだよぉ」

すると、それ以上歩く気力を失ってしまったドロシーは、草の上にすわりこみ、仲間たちの顔を見わたしました。彼らもドロシーのほうを向いてすわりました。トトも今回ばかりは、頭の上を飛ぶチョウを追いかける気力もないほど疲れはてていました。そこでトトは、舌を出してハッハッと息をつき、つぎはどうするのかなと、うかがうようなまなざしでドロシーを見ていました。

「野ネズミさんたちを呼んだらどうかしら」ドロシーが提案しました。「彼らだったら、エメラルドの都がどっちにあるのかわかるかもしれないわ」

「彼らだったら、絶対わかるはずです」かかしが叫びました。「どうしてもっとはやく気がつかなかったんでしょう？」

ドロシーは、ネズミの女王からもらった小さな笛をいつも首にかけており、その笛を取り出して吹き鳴らしました。しばらくすると、小さな足音がこちらに向かってくるのが聞こえました。そして、何匹もの小さな灰色のネズミたちがドロシーのところまで来ました。その中に女王自身もおり、小さなチュウチュウという声で聞きました。

「まあ、みなさん、どうなさったの？」

「迷子になってしまったみたいなの」ドロシーが言いました。「エメラルドの都がどこにあるのか教えてもらえますか？」

「もちろんですわ」女王が答えました。「でも、ここからはとても遠いわよ。みなさんは、ずっとエメラルドの都を背にして歩いていらしたか

ら」すると女王は、ドロシーがかぶっていた金の帽子に気がつき、こう言いました。

「あら、その帽子の呪文をとなえて、空飛ぶサルを呼び出したらいかがですの？　彼らでしたら、オズの都まで一時間足らずで連れていってくださるわ」

「そんな魔法が使える帽子だなんて、知らなかったわ」ドロシーは驚いて言いました。

「どんな呪文をとなえればいいの？」

「その金の帽子の中に呪文が書いてあるはずですわ」ネズミの女王が答えました。「ですが、空飛ぶサルを呼び出すのでしたら、わたくしたちは退散します。たいへんないたずら好きの者ばかりで、わたくしたちのことをいい遊び道具だと思っているようですから」

「わたしもいたずらをされるかしら？」ドロシーは心配になって聞きました。

「その心配はありませんわ。彼らは、帽子の持ち主の言いつけを守らなければならないのですから。それでは、ごきげんよう！」女王ネズミはそう言うと、ほかのネズミたちをしたがえ、サッと走り去ってしまいました。

ドロシーが金の帽子の中を見ると、たしかに裏地に文字が書いてありました。これが呪文ね、とドロシーは思い、注意深く心得を読むと、帽子をかぶり直しました。

「エッピー、ペッピー、カッキー！」ドロシーは左足で立って言いました。

「今、何と言いました？」何をやっているのかまったく理解できなかったかかしが聞きました。

「ヒーロー、ホーロー、ハーロー！」ドロシーは、続いて右足で立って続けました。

「ハロー！」ブリキの木こりはおちつきはらってあいさつしました。

「ジッジー、ズッジー、ジック！」ドロシーはこんどは両足で立って言いました。呪文をとなえ終わると、そのとたん、ガヤガヤと大きな声をあげ、すさまじい羽音とともに空飛ぶサルの一群が空を飛んできて、一行の前に降り立ちました。空飛ぶサルのリーダーは、ドロシーの前で深くおじぎをして聞きました。

「何をお望みですか？」

「エメラルドの都へ行きたいの」少女が言いました。「でも、迷子になってしまったの」

「われわれがお連れしましょう」リーダーが答えるやいなや、二匹の空飛ぶサルがドロシーを抱きかかえ、空へと飛び立ちました。そのほかのサルが、かかし、木こり、ライオンを運び、一匹の小さなサルが抵抗してかみつこうとするトトを抱えて飛び立ちました。

かかしとブリキの木こりは、空飛ぶサルたちが自分たちにしたひどい仕打ちを覚えていたので、最初はとてもこわがりました。しかし、まったく危害を加えようとしていないのがわかると、空の旅を楽しむ余裕が出てきて、眼下に広がる美しい庭園や森をながめては感心していました。

ドロシーはいちばん大きな空飛ぶサルの二匹にささえられ、快適に空を飛んでいました。そのうちの一匹は、ほかならぬリーダー自身でした。二匹は、腕や手でいすの形を

つくり、ドロシーを傷つけまいと気を配っていました。

「どうして金の帽子の呪文にしたがわなければいけないの？」ドロシーが聞きました。

「それを話すと長くなります」笑いながらリーダーが答えました。「しかし、この旅は時間がかかりますので、お望みでしたら時間つぶしにお話ししましょう」

「ぜひ聞かせてくださいな」ドロシーは答えました。

「むかしむかし」リーダーが話し始めました。「われわれも自由に生きていました。広大な森で平和に暮らし、木々のあいだを飛びかい、ナッツやフルーツを食べ、だれかを主人とうやまうこともなく、したいことをしたいようにやっていました。ときには、いたずらのすぎる者もいました。翼のない動物のしっぽを引っぱったり、鳥を追いまわしたり、森の中を歩く人間にナッツを投げてみたり。しかし、われわれは気楽に人生を謳歌《おうか》し、とてもしあわせに楽しく、一分一秒を満喫していたのです。これは、オズが雲のあいだから降りてきて、この国を統治する何年も前のことです」

「その当時、はるか北のほうに、たいそう美しい姫が住んでいました。その姫は、とても強い魔術師でもあり、つねに人々を助けるために魔法を使っていました。そして、善人を傷つけたりはけっしてしない魔術師として、広く人々にしたわれていました。姫はゲイエレットという名前で、それは美しいルビーのブロックを積み上げてつくられた宮殿に住んでいました。万人の寵愛《ちょうあい》を受けていましたが、直接だれかに愛を返すことができないのを悲しんでいました。この世のすべての男は、彼女に比べるとみな頭が悪く、醜くて、この美しくて賢い姫とつり合うような人がいなかったのです。しかし、ついに年に似合わず、ハンサムで男らしく、賢い男の子があらわれたのです。ゲイエレットは、この男の子が成人したら婿《むこ》にむかえようと決心し、ルビーの宮殿に住まわせ、魔力を駆使して、この子をどんな女の人でもあこがれるような、強くて、ハンサムで、善良な人に育て上げました。クエララと呼ばれていた彼は、成人すると、この国でいちばん賢くてすばらしい男性と言われるようになり、彼の美しさもあって、ゲイエレットは彼をとても慈しみ、結婚式の準備にいそしみました」

「わたしの祖父は当時、ゲイエレットの宮殿近くにあった森に住む空飛ぶサルのリーダーでした。その祖父は、うまい晩めしよりもいたずらが好きでした。結婚式が間近にせまったある日、祖父がサルの一群を連れて空を飛んでいると、川べりを歩くクエララを見つけました。クエララは、ピンクのシルクや紫のビロード地の優雅な衣裳に身を包んでおり、祖父は何かいたずらをしてやろうとたくらみました。彼のひと声で一群は急降下し、クエララをつかみ上げると川の真ん中まで運び、水の中に落としたのです」

『泳いで陸まで行くがいい、若者よ』祖父が呼びかけました。『そして、服が水でシミになっていないかたしかめるがよい』クエララは泳げないほど愚かな者でもなく、また今までの幸運にも、けっして有頂天になるような男ではありませんでした。彼は水面に上がり、岸まで泳いでいくと、笑ってやりました。しかし、ゲイエレットがかけ寄ってくると、彼のシルクやビロードの衣裳は川の水ですっかりだめになっていました」

「姫はたいそう腹を立てましたが、もちろん、だれがこんな仕打ちをしたのかもわかっていました。彼女は空飛ぶサルを全員召集し、罰としてすべてのサルの翼をくくりつけ、クエララと同じように川へ投げこんでやる、と言いました。しかし、翼をくくられたサルが川に投げこまれれば、全員おぼれ死んでしまうとわかっていた祖父は、必死に食い下がりました。そして、クエララの口添えもあって、未来永劫《えいごう》、空飛ぶサルは金の帽子を所有する者の願いを三つかなえること、という条件で、ゲイエレットはついに折れたのでした。この帽子は、結婚のお祝いとしてクエララのためにつくられたもので、姫は国の半分を代償につくらせたと言われております。もちろん、祖父やほかの空飛ぶサルたちはこの条件をのみ、われわれはこの金の帽子の所有者がだれであろうとも、その者の奴隷として、三回命令にしたがわなければならないこととなったのです」

「そのあと、彼らはどうなったの?」興味津々で物語に耳をかたむけていたドロシーが聞きました。

「金の帽子を最初に所有することになったのはクエララでした」リーダーが答えました。「彼がわれわれに命令するはじめての人となったのです。彼の新妻は、われわれの顔を見るにたえなかったので、クエララは結婚式のあと、われわれを森に呼び出し、彼女の目の届く範囲にはけっして一匹もあらわれないようにと命じました。われわれも姫をおそれていたので、よろこんでこれに同意しました」

「われわれがしたがわなければならない命令は、あとにも先にもこれだけでした。しかし、西の悪い魔女が金の帽子を手に入れ、われわれはウィンキーたちを魔女の奴隷下に置き、そのあとは、オズを西の国から追い出さなければなりませんでした。そして今、金の帽子はあなたのものです。あなたはわれわれに三回命令することができるのですよ」

空飛ぶサルのリーダーが話し終わるころ、ドロシーが下に目を向けると、緑色に輝くエメラルドの都の外壁が見えてきました。ドロシーは、空飛ぶサルとの飛行時間があまりにも短かったのに驚きながらも、この旅が終わることにホッとしていました。空飛ぶサルたちが、一行を都の門の前にゆっくりと降ろすと、リーダーはドロシーに深々とおじぎをして、一群をしたがえ、サッと飛び去っていきました。

「快適な旅だったわね」ドロシーが言いました。

「そうだね。おいらたちの抱えていた問題も解決して、一石二鳥だったね」ライオンが答えました。「ドロシーがそのすばらしい帽子を持ってきたおかげだよ！」

第十五章　大魔法使いオズの正体

　四人の冒険者たちは、エメラルドの都のりっぱな門の前に立ち、呼び鈴を押しました。数回鳴らしたのち、やっと門が開くと、前に会った同じ門番が立っていました。

「なに！　また戻ってきたのかね？」門番は自分の目を疑うように聞きました。

「見ればおわかりでしょう？」かかしが答えました。

「西の悪い魔女のところへ行ったのかと思っていたぞ」

「ええ、行きましたとも」かかしが言いました。

「それでは、魔女が逃がしてくれたと言うのか？」男の人は怪訝《けげん》そうな顔をして聞きました。

「それは、いたしかたありませんでしょう。なにしろ、あの魔女は溶けてしまったのですから」かかしが説明してあげました。

「溶けただと！　それはまた、すばらしいニュースだ」

た。


門番は言いました。「だれがやってのけたのだ？」

「ドロシーだよ」ライオンが神妙な顔で言いました。

「たいへんなこった！」門番は叫ぶと、ドロシーの前で、それは深くおじぎをしました。

そして、門番は小さな部屋へ一行を通し、前と同じ手順で、大きな箱からめがねを取り出しそれぞれにかけ、カギをかけました。続いて、門をくぐり抜け、エメラルドの都の中へと進んでいきました。都の住民が、ドロシーが西の悪い魔女を溶かしたという話を門番から聞くと、みんなは一行のまわりに群らがり、オズの宮殿へと行列をつくって、ぞろぞろとついていきました。

緑のあごひげの老兵が、あいかわらず宮殿の入口に立っていましたが、すんなりと中に入れてくれました。そして、ふたたびかわいい緑の娘が出むかえ、偉大なオズが面会を許すまでゆっくり休めるよう、前に滞在したときと同じ部屋へとそれぞれをすぐに案内してくれました。

老兵はただちに、ドロシーと仲間たちが悪い魔女を退治して戻ってきたと、オズに報告しに行きましたが、オズからは何も返答がありませんでした。一行はすぐにでも偉大な魔法使いからお声がかかるものだと思っていましたが、じっさいはそうではありませんでした。何日も何日も、そのまたつぎの日も、オズからのおことばは何もないままでした。ただひたすら待つというのは、退屈で忍耐のいるものでした。しかし、オズさまの命令を守ろうと、今回出た旅でひどい仕打ちを受けたり、奴隷にされたりと、たいへんな目にあったのに、そのうえこのようにないがしろにあつかうオズに一行はいらだちを感じ始めていました。そこで、しびれを切らしたかかしは緑の娘に、すぐに面会を許さなければ、われわれ一行はすぐに空飛ぶサルを呼び出して、オズが約束を守る人なのかどうかをたしかめさせるぞ、というメッセージをオズに伝えるように言いました。このメッセージを受けたオズは、あまりにもおそろしくなって、翌日の午前九時四分に玉座の間に来るようにと申し出ました。彼は一度だけ、西の国で空飛ぶサルたちに遭遇したことがあるものですから、もう二度と会いたくないと思っていたのです。

四人の冒険者たちはそれぞれ、オズが約束してくれた宝物のことを考えながら眠れぬ夜をすごしました。ドロシーは一度だけ眠ってしまいましたが、そのときも、カンザスにいたエムおばさんから自分が帰ってきてどんなに安心したか、という話を聞いている夢を見たのでした。

翌朝九時ちょうどに、緑のあごひげの老兵が彼らをむかえにきて、一行はきっかり四分後に、偉大なオズの王座の間へ入っていきました。

もちろん一行のそれぞれは、自分が見た姿でオズがふたたびあらわれるものだと思っていましたが、玉座の間をどんなに見わたしてもひとっこひとりいなかったので、不意をつかれました。妙な静けさとからっぽの部屋が、今まで見たオズのどんな姿よりもこわかったので、彼らはドアの前で、小さく固まっていました。

すると、大きなドーム型の天井のどこからか、重々しい声が響きわたりました。

「わしが偉大にしておそろしい魔法使いのオズじゃ。わしに何の用だ?」

一行はまた、部屋をくまなく見わたしましたが、だれも見あたらないのでドロシーが聞きました。

「どちらにいらっしゃるの?」

「わしはいたるところにおる」と声が返ってきました。「しかし、死をまぬがれない下々の者の目に、わしが映ることはない。わしは今、台座にすわろうとしている。台座に向かって話すがよい」たしかに声は、台座から直接聞こえてくるようでした。そこで一行は、台座の前に一列に並び、まずドロシーが言いました。

「偉大なるオズさま、わたしたちは約束を果たしてまいりました」

「何の約束だ?」オズが聞きました。

「悪い魔女を退治したら、わたしをカンザスに戻してくれるという約束です」少女が言いました。

「ぼくには脳ミソをくださると約束されました」かかしが言いました。

「おれには心臓をくれると約束した」ブリキの木こりが言いました。

「おいらには勇気をくれると約束してくれたじゃないか」臆病なライオンが言いました。

「ほんとうに悪い魔女を倒したのか?」と声が言いましたが、その声が少しふるえているようにドロシーには聞こえました。

「はい」ドロシーは答えました。「バケツ一杯の水で溶かしてしまいました」

「これは、なんとしたことか」と声が言いました。「あまりにも急な話だ！　明日ふたたび来るがよい。オズは考える時間を必要とする」

「時間は十分にあったはずだ」ブリキの木こりがどなりました。

「もう一日たりとも待ちません」かかしが言いました。

「約束を守ってください！」ドロシーが叫びました。

ライオンは、魔法使いをおどしてやろうと、大きな声で長々とほえました。その声があまりにも強烈で気迫に満ちていたので、トトはビックリしてライオンのそばから飛んで逃げました。すると、部屋のすみに立っていたついたてにぶつかってしまいました。ついたてが音を立てて倒れると、一行はそちらに目をやりました。つぎの瞬間、一行の目の前には、目を疑うような光景が広がりました。なんと、そのついたての陰になっていたところに、髪の毛が薄くて顔がしわだらけの小柄な男の人が立っており、同じくらい驚いた顔でこちらを見ていました。ブリキの木こりは斧をふり上げ、小柄な男の人のところへかけ寄ってどなりました。

「おまえはだれだ？」

「わしが偉大にしておそろしい魔法使いのオズじゃ」小柄な男の人は、ふるえる声で言いました。「しかし、わしに斬《き》りつけないでおくれ——たのむ！　きみたちの言うとおりにするから」

一行は呆気にとられてオズを見つめました。

「オズさまは巨大な首だと思っていたのに」ドロシーが言いました。

「ぼくはうるわしい貴婦人かと思っていました」かかしが言いました。

「おれはおそろしい怪物だと思っていたぞ」ブリキの木こりが言いました。

「おいらは火の球だと思っていたやい」ライオンが叫びました。

「いいや。どれも真実の姿ではないのだよ」小柄な男の人が蚊の鳴くような声で言いました。「それは全部わしの真似ごとじゃ」

「真似ごとですって！」ドロシーが叫びました。「それではあなたは、偉大な魔法使いではないの？」

「そんなに大声を上げないでおくれ」彼が言いました。「そんな大きな声で言ったら、声が外にもれてしまうではないか——ばれたらいっかんの終わりじゃよ。わしは偉大な魔法使いとして君臨している、ということになっておるからな」

「じゃあ、違うと言うの？」ドロシーは聞きました。

「そのとおりじゃ。わしはただの人間じゃよ」

「それだけではありません」かかしが落胆して言いました。「あなたはペテン師ですよ」

「そのとおりじゃ！」小柄な男の人は断言し、まるでほめられたかのように、手をすり合わせました。「わしはペテン師じゃ」

「なんてことだ」ブリキの木こりが言いました。「じゃあ、心臓は手に入らないってことか？」

「おいらの勇気も？」ライオンが聞きました。

「ぼくの脳ミソもですか？」かかしは泣き叫び、上着のそでで涙をぬぐいました。

「わが友よ」オズが言いました。「そのような小さなことにとらわれるでない。正体がばれてしまったという、わしの置かれたつらい立場を考えてみよ」

「わたしたちのほかに、あなたがペテン師だということを知っている人はいるの？」ドロシーが聞きました。

「知っているのは、おまえたち四人と――わしだけじゃ」オズが答えました。「あまりにも長いあいだ、みなをだまし続けていたので、だれにも正体はばれないと思っておった。この玉座の間におまえたちを入れたのが大きなまちがいじゃった。いつもだったら、わしの侍従《じじゅう》たちに会うこともないから、彼らはわしがそれはおそろしい者だと思いこんでおる」

「でも、わからないわ」ドロシーは困惑したように言いました。「どうやってわたしの前に、巨大な首としてあらわれたの？」

「それは、わしの手品のひとつじゃ」オズが答えました。「こちらへどうぞ。あらいざらい全部お話ししよう」

オズは、玉座の間の奥にある小さな部屋へと一行を通しました。彼がその部屋の一角を指さすと、そこには大きな首が転がっていましたが、それは何重にも紙を重ね、厚みを出して、ていねいにペンキを塗ったものでした。

「これを天井からワイヤーで吊るしたんじゃ」オズが言いました。「あのついたてのうしろに立って、糸をあやつって、目と口を動かしていたんじゃ」

「でも、声はどうしたの?」ドロシーはたずねました。

「わしは腹話術師なんじゃよ」小柄な男の人が言いました。「あたかも別のところから声が聞こえるかのように、声をコントロールすることができるんじゃ。それでおまえは、わしの声が首から聞こえたと思ったのじゃよ。ほれ、そのほかにも、おまえたちをだました道具が全部ここにそろっておる」彼は美しい貴婦人になりすましたときに使ったドレスとマスクを、かかしに見せました。ブリキの木こりが見たと思ったおそろしい怪物は、たくさんの毛皮をぬい合わせ、両脇を羽板でふくらませたものでした。火の球は、にせの魔法使いがこれも天井から吊るしたものでした。その正体は、綿を丸めて油をしみこませたもので、火をつけると激しく燃えるというしかけでした。

「まったく」かかしが言いました。「イカサマ師だなんて、自分を恥じるべきです」

「もちろん――そのとおりじゃ」小柄な男の人は悲しそうに言いました。「しかし、そ

れしか手段がなかったんじゃ。どうかすわって聞いてくれないか。いすは十分にあるぞ。わしの人生がどんなものだったのかお聞かせしよう」

そこで一行は腰かけ、オズの生い立ちを聞くことにしました。

「わしは、オマハというところで生まれた……」

「まあ、カンザスのすぐ近くじゃない！」ドロシーが叫びました。

「そうじゃ。しかし、ここからははるか遠くにある」彼は残念そうにドロシーを見て、首を横にふりました。「わしはおとなになると、腹話術師になるため、とても有能な師匠に弟子入りしたんじゃ。おかげで、どんな動物も鳥もまねることができるようになった」そこで彼は、子猫のようにニャーと鳴いてみせました。するとトトが耳を立て、どこにいるのかと、キョロキョロ見まわしました。「しばらくして」オズが続けました。「腹話術にあきたわしは、気球乗りに転身したんじゃ」

「それはなあに?」ドロシーが聞きました。

「気球に乗って、サーカスの宣伝をしながら、人をおおぜいサーカスに集める人のことじゃよ」彼は説明しました。

「あら」ドロシーが言いました。「それなら知ってるわ」

「ある日、いつものように気球に乗ると、なわがこんがらがってしまい、下に降りる

ことができなくなってしまったんじゃ。すると気球は雲のずっと上まで飛んでいき、気流に乗って何マイルも何マイルも流されてしまってね。一日とひと晩、ずっと流れのままに飛んでいったんじゃ。そして、二日めの朝、わしが目ざめると、気球は見慣れぬ美しい国の上を飛んでおった」

「気球はゆっくりと降下し、わしはケガひとつなく地面に降り立った。しかし、まわりには見たこともないような人が群れをなして集まっておったんじゃ。彼らは、わしが雲のあいだから降りてきたので、偉大な魔法使いだと勘違いしておった。当然、そう思いこんだままにさせておいた。彼らはわしをおそれて、何でも言うことを聞くと言ったからな」

「しばらく自分の思うようにしたくて、それにここの善良な住民に仕事をあたえ、気をまぎらわすために、わしはこの都と宮殿の建設を命じた。彼らはいっしょうけんめい、みずからの意思でそれに着手しての。この国が緑豊かな美しいところだったので、ここをエメラルドの都と名づけようと思ったんじゃ。そして、その名前にもっとふさわしい街にしようと、全住民に緑のめがねをかけさせ、見るものすべてが緑色に見えるようにしたんじゃ」

「この街のものはみんな緑色じゃないの?」ドロシーが聞きました。

「ほかの街と同じようなもんじゃ」オズは答えました。「しかし、緑のめがねをかければ、見るものすべて緑に見えるのはあたりまえのこと。気球で運ばれてきたのはこの老いぼれがまだ若いころじゃったから、エメラルドの都を建設し、それが完成したのは、もう何十年も前のことじゃ。しかし、あまりにも長いあいだ、めがねをかけ続けているので、ここの住民はみな、ここがほんとうにエメラルドの都だと信じて疑っておらん。じっさい、宝石や貴金属が豊富にあり、ほしいと願うものはだれでも手に入れることができる、とてもすばらしい街じゃ。わしは住民によくしておるし、彼らもわしをしたってくれておる。しかし、宮殿の完成とともに、わしはここに閉じこもったきり、だれにも会わないようにしてきたんじゃ」

「わしがもっともおそれていたのは、魔女たちの存在じゃった。まったく魔力のないわしとは違って、魔女たちはほんとうにふしぎな力を持っているということを知っておったからの。この国には四人の魔女がおり、それぞれが東西南北の国を統治しておった。幸運にも、北と南の魔女はよい魔女たちじゃったから、わしに危害を加えたりはしないと確信しておった。しかし、一方で西と東の魔女はとても性悪で、やつらよりとてつもなく強大な魔力をわしが持っていると信じこませなければ、確実にやつらはわしを滅ぼしたじゃろう。わしは何年もやつらに脅かされる生活を送っておったんじゃ。だから、おまえの家が東の悪い魔女の上に落ちたと聞いたときに、どれだけわしがホッとしたかは、想像がつくじゃろう。おまえたちがわしのところに来たとき、もうひとりの悪い魔女さえ退治してくれさえすれば、わしはなんでも願いをかなえてやろうと本気で思ったんじゃ。しかし、彼女を溶かしてしまった今、正直に告白すると、わしにはおまえたちとの約束を果たす力がないんじゃ」

「あなたは悪い人ね」ドロシーが言いました。

「いやいや、そんなことはないぞ。わしは善人じゃが、とても悪い魔法使いなんじゃ。それは認めよう」

「ぼくに脳ミソはくださらないということですか？」かかしが聞きました。

「そんなもの必要ないじゃろ。おまえは、日々賢くなっておる。赤んぼうにも脳ミソはあるが、あまりものを知らん。経験だけが人々に知識をあたえ、この地球上にいる時間が長ければ長いほど、経験を蓄積できるということじゃ」

「それが真実だとしても」かかしが言いました。「ぼくに脳ミソがないかぎり、ぼくがしあわせになることはありえないのですよ」

にせの魔法使いは、かかしを見すえました。

「それじゃったら」彼はため息をついて言いました。「さっきも言ったとおり、わしはたいした手品師ではないが、明日の朝またここに来れば、おまえの頭に脳ミソを入れてやろう。じゃが、その使い道を教えることはできんぞ。それは自分で探さなきゃならん」

「うわぁ、ありがとうございます——ありが

とうございます！」かかしは感激して声を上げました。「ご安心ください。使い道はかならず自分で見つけ出してみせます！」

「でも、おいらの勇気は？」ライオンが不安そうに聞きました。

「おまえは十分に勇敢だと思うぞ」オズが答えました。「おまえに必要なのは、自分に自信を持つことじゃ。目の前に危険がせまったときに、こわいと思わない生きものはこの世には存在せん。真の意味での勇気とは、こわくても危険に立ち向かうということじゃ。その勇気は十分にあるじゃろう」

「そうかもしれないけどさ。でも、こわいことには変わりないんだよぉ」ライオンは言いました。「おいらにその、あんたの言うような、こわいという気持ちを忘れるような勇気がないかぎり、おいらがしあわせになることはないんだよぉ」

「よし、わかった。正しい勇気を明日おまえにやろう」オズが答えました。

「おれの心臓はどうしてくれるんだ？」ブリキの木こりが言いました。

「それなんだが」オズが答えました。「心臓がほしいなんて、見当違いじゃぞ。ほとんどの人が、心臓があるために不幸な目にあっているんじゃ。それがわかっておれば、おまえは、心臓がなくてしあわせだと思わなければいかん」

「それは、視点の違いってもんだ」ブリキの木こりが言いました。「こう言っちゃなんだが、おれは黙ってそんな不幸を背負って生きてやる。心臓さえ手に入ればな」

「そうか」オズはつぶやきました。「明日わしのところに来れば、おまえに心臓を用意してやろう。わしはもう長いあいだ、魔法使いの役を演じてきた。あともう少しのあいだだけ、魔法使いに扮していてやろうではないか」

「あの」ドロシーが言いました。「わたしはどうやってカンザスに帰ればいいのかしら？」

「それは少し考えんといかんな」小柄な男の人は答えました。「二、三日考える時間をくれないか。おまえをどうやってこの砂漠の向こうまで運ぶか、策を練らなきゃいかん。そのあいだ、おまえたちはわしの特別の客として、ここに滞在するがよい。わしの宮殿にいるうちは、侍従たちがおまえたちの世話をしてくれる。必要なものがあれば、すぐに彼らにたのむといい。ただ、おまえたちを助ける見返りとして、ひとつだけたのみたいことがある。わしがイカサマ師であるという秘密は、けっしてだれにも言わないと約束してくれるとありがたいんじゃがの」

一行は、発覚した大事実はいっさい口にしないと約束し、意気揚々《ようよう》と部屋へ戻っていきました。ドロシーまでも、「偉大でおそろしい大ペテン師」とこっそり名づけ

たあの男の人が、カンザスまで帰れる方法を探し出してくれると楽しみにしていました。しかもそれが実現したら、すべてを許してあげようとまで思っていたのでした。

第十六章　大ペテン師の魔法

つぎの日の朝、かかしは仲間に言いました。

「みなさん、よろこんでください。ついにオズのところへ、脳ミソをもらいに行ってきます。こんど会うときには、ほかの人間と変わらないぼくになって戻ってきます」

「そのままのあなたでも、わたしは十分に好きよ」ドロシーは素直に言いました。

「かかしが好きだなんて、心がおやさしいのですね」かかしは答えました。「でも、新しい脳ミソでひねり出すすばらしい考えを聞いていただけたら、きっともっと気に入ってくださると思いますよ」そうしてかかしは、ほがらかな声でみんなにお別れを言うと、玉座の間に行き、ドアをノックしました。

「どうぞ」オズが言いました。

かかしが中に入ると、小柄な男が窓の前にすわり、深く考えごとをしていました。

「脳ミソをいただきにあがりました」かかしが少しとまどいながら言いました。

「おお、そうじゃったの。まあ、そのいすに腰かけたまえ」オズが答えました。「失礼。ちょっと頭を取らせてもらうよ。きちんと脳ミソを入れるには、こうするしかないんじゃ」

「お気になさらず」かかしが言いました。「遠慮なく取ってください。つけ直したときに、頭がもっとよくなってさえいれば、いっこうにかまいませんから」

オズはかかしの頭をほどき、わらを全部取り出しました。そして、奥の部屋へ行き、もみがらをカップに一杯はかり、たくさんの押しピンや針と混ぜました。念入りに混ぜ合わせると、かかしの頭にまずその配合物を入れ、それが動かないよう固定するために、ふたたびわらをつめ直しました。オズはかかしの頭を胴体にくくりつけると、こう言いました。

「これからは、偉大な人となるだろう。なにしろ、真新しい脳ミソを入れてあげたのだからの」

かかしは、渇望《かつぼう》していた願いがやっとかなったよろこびと、自信に満ちた表情を浮かべ、ていねいにお礼を言うと、仲間のところへ戻っていきました。

ドロシーは、戻ってきたかかしから目が離せませんでした。かかしの頭のてっぺんが、脳ミソでいままで以上にふくらんでいたからです。

「気分はどう？」ドロシーは聞きました。

「とても賢くなった気分ですよ」彼は真剣そのもので答えました。「この脳ミソを使いこなせるようになれば、何でも理解できるようになることでしょう」

「なんで押しピンや針が頭から飛び出してるんだ?」ブリキの木こりがたずねました。

「頭が冴《さ》えているという証拠なんじゃないかな」ライオンが言いました。

「それじゃ、おれもオズさまのところに行って心臓をもらってくるとしよう」ブリキの木こりが言いました。そして彼は玉座の間へ行き、ドアをノックしました。

「どうぞ」オズが言いました。ブリキの木こりは中に入ると、こう言いました。

「心臓をもらいに来たんだが」

「わかっておる」小柄な男が答えました。「しかし、心臓をきちんとしたところに入れられるよう、胸に穴をあけなければならん。痛くないといいんじゃが」

「気にすることはない」木こりが答えました。「何も感じることはないから、心配無用だ」

そこで、オズはブリキ屋が使う大バサミを持ってきて、小さな四角い穴をブリキの木こりの左胸にあけました。そして引き出しから、おがくずをつめたシルクのかわいらしい心臓を取り出しました。

「どうじゃ、なかなかすてきな心臓だと思わんかね?」オズが聞きました。

「そりゃ、最高だ!」おおいに満足して木こりが答えました。「でも、それはやさしい心臓なのかい?」

「それは、もう！」オズが答えました。彼は心臓を木こりの胸に入れ、切り取った四角いブリキの破片をていねいにはんだでくっつけました。

「さあ、できたぞ」オズは言いました。「これで、だれよりも強い心臓がおまえのものじゃ。胸に継ぎ目をつけてしまってすまんかったの。これ以外に方法がなかったんじゃ」

「継ぎ目など、気にすることないさ」しあわせをかみしめて木こりが叫びました。「感謝するよ。あんたのやさしさは一生忘れない」

「気にしなさんな」オズは答えました。

ブリキの木こりが仲間のところへ戻ると、みんなは彼の幸運を自分のことのようによろこび、祝福してあげました。

つぎにライオンが玉座の間へ行き、ドアをノックしました。

「どうぞ」オズが言いました。

「おいら、勇気をもらいに来たんですけど」ライオンが部屋に入りながら呼びかけました。

「わかっておる」小柄な男は答えました。「勇気をもってきてやろう」

彼は戸棚に行き、いちばん上の棚から四角いびんを取り出しました。そして、その中身をみごとな彫り柄模様の緑金の皿にそそぎました。これを臆病なライオンの前に置くと、ライオンはクンクンと匂いをかぎ、顔をしかめました。すると、オズが言いました。

「さあ、飲むんじゃ」

「こりゃ、いったい何です?」ライオンが聞きました。

「何とも言いにくいが」オズが答えました。「体の中に入れば、勇気になるものじゃよ。知ってのとおり、勇気というのは内からわいてくるものじゃ。じゃから、これは飲みこまれるまでは勇気とは言えん。一刻も早く飲みこむことを勧めるがな」

ライオンはそれ以上抵抗するのをやめ、お皿がからになるまで一気に飲みほしました。

「さて、気分はどうかね?」オズが聞きました。

「勇気がわいてくるようだよぉ」ライオンは答え、自分のしあわせを仲間たちと分ち合いに、足どりも軽く向かっていきました。

ひとり残されたオズは、かかしとブリキの木こりとライオンに、自分たちがもっとも望んでいたものが手に入ったと思わせることができたと、笑顔をおさえきれませんでした。「ペテン師でいるほかないじゃないか」彼はひとりつぶやきました。「こんなに多くの人が、不可能を可能にしてほしいとやってくるんじゃから。かかしとブリキの木こりとライオンを満足させるのは、たやすかったのぉ。わしが何でもできると信じこんでくれたからな。しかし、ドロシーをカンザスまで届けるのには、想像以上のものが必要になってくるぞ。しかも、わしにわかっているのは、それをどうやって実現したらいいのか、まったく見当がつかんということだけじゃ」

第十七章　気球の離陸

三日ものあいだ、ドロシーにはオズからの音沙汰がまったくありませんでした。ドロシーが落ちこんだまま日々をすごすなか、仲間たちは満ち足りたしあわせな生活を送っていました。かかしはみんなに、頭の中をすばらしい思考がかけめぐっていると伝えました。しかし、それを言ったところで、自分にしか理解しえないとわかっていたので、具体的にどういうものなのか説明することはしませんでした。ブリキの木こりは歩きまわると、心臓がカタカタと鳴っているのを感じました。彼はドロシーに、自分が生身の人間だったころのものよりも、もっとやさしくて、感受性の強い心臓だと言いました。ライオンは、世の中でこわいものは何もないと宣言し、どう猛なカリダーが群れになり、軍隊になって襲ってきても、よろこんで立ち向かっていくと言いました。

そうして一行のそれぞれが満足していました。もちろん、カンザスに帰りたいとこれまで以上に強く願うようになったドロシーをのぞいた全員です。

四日めになると、うれしいことに、オズがドロシーを呼びつけました。ドロシーが玉座の間に入ると、オズがやさしく迎えてくれました。

「まあ、すわりたまえ。おまえがこの国から脱出できる方法を思いついたんじゃよ」

「カンザスまで行けるの？」ドロシーはワクワクして言いました。

「いや、カンザスまでの保証はできないんじゃ」オズが言いました。「カンザスがどちらの方向にあるのか、わしにはまったく見当がつかぬ。しかし、まずは、砂漠を越えなければならん。それさえできれば、家に帰るのはたやすいはずじゃ」

「どうすれば砂漠を越えられるの？」ドロシーがたずねました。

「わしの考えはこうじゃ」小柄な男は言いました。「わしは気球に乗ってこの国に来たじゃろう。おまえもたつまきに運ばれて、空からこの国に来た。だから、砂漠を越える最良の方法は、空を飛んでいくことだ。しかし、わしの力でたつまきを起こすのは不可能じゃ。そこで、考え抜いたすえ、気球ならつくれると思ったんじゃ」

「どうやって？」ドロシーが聞きました。

「気球というものはな」オズが言いました。「シルクの布でできており、さらに、ガスがもれないようにのりを塗るんじゃ。この宮殿にはシルクが豊富にある。じゃから、気球をつくるのはむずかしいことではない。しかし、この国じゅうどこを探しても、気球を浮かせるガスがないんじゃ」

「もし浮かなかったら」ドロシーは言いました。「気球なんて意味がないじゃない」

「おまえの言うとおりじゃ」オズが答えました。「しかし、気球を浮かせる方法はそれ以外にもある。つまり、熱した空気でふくらますのじゃ。空気が冷えれば砂漠に落ちてしまい、わしたちは一生路頭に迷う危険があるから、ガスのほうがいいことはいいのじゃがな」

「わしたち！」少女は声をあげました。「あなたもいっしょに行くの？」

「もちろんじゃ」オズが答えました。「わしはもう、ペテン師でいるのに疲れた。もしわしがこの宮殿から公衆の面前に出て行ったら、わしが魔法使いでないことがばれてしまう。そうしたら人々は、わしがだましていたと憤慨するじゃろう。そのためにわしはずっとこの部屋に閉じこもっているのじゃが、外に出られないとなると、退屈でしょうがないんじゃ。それじゃったら、おまえといっしょにカンザスに行って、またサーカスにでも仲間入りしたほうがずっとましじゃ」

「ごいっしょできるなんて、うれしいわ」ドロシーが言いました。
「ありがとう」彼は答えました。「さて、シルクの布を縫い合わせるのをてつだってくれんかね。さっそく気球づくりに取りかかろうではないか」
ドロシーは針と糸を手に取り、オズがシルクの布をしかるべき形に切ると、生地をていねいに縫い合わせました。最初にオズが切り取った生地は、薄い緑色のシルクの布でした。つぎの布は深い緑で、そのあとにはエメラルド・グリーンの生地を切り取りました。オズは自分のまわりにある色を、交互に取り入れようと思いついたのでした。彼らがこの布切れを縫い合わせるのに、三日を要しました。しかし、それが完成すると、六メートル以上もある大きな緑の袋ができました。

オズは空気がもれないようにと、袋の内側に刷毛《はけ》でのりを薄く塗りました。そしてようやく、完成したと宣言しました。

「しかし、われわれが乗りこむカゴが必要となるな」彼が言いました。そこでオズは、緑のあごひげの老兵に大きな洗濯カゴを持ってくるように命じ、そのカゴをたくさんのなわでしっかりと気球の下にくくりつけました。

すべての準備がととのうと、オズは、雲の上に住む兄の魔法使いに会いに旅に出ると、住民に伝えました。そのニュースは、アッというまに街じゅうをかけめぐり、一世一代のできごとをひと目見ようと、たくさんの人が集まりました。

オズは、気球を宮殿の前に置くように命じました。すると集まった民衆は、好奇心いっぱいの目を気球にそそぎました。ブリキの木こりは大量のまきを割り、たき火を起こしました。オズは気球をその火の上にかけて、火で熱せられた空気が大きな袋の中に入るようにしました。気球は少しずつふくらみ始め、空に向かって伸びていき、ついに、カゴがギリギリ地面に触れるくらいまでになりました。

オズは気球に乗りこむと、民衆に向かって大きな声で言いました。

「これにて、わしは訪問の旅に出る。わしがおらぬあいだは、かかしがそなたたちを治める。みな、このかかしをわしだと思い、彼にしたがうがよい」

このころになると、気球は地面につないだなわをものすごい力で引っぱっていました。

気球の中の空気は熱せられると、まわりの空気よりも軽くなり、上に昇ろうとするからです。

「ドロシー、気球に乗るんじゃ！」魔法使いが叫びました。「はやくしないと、気球が飛んでいってしまうぞ」

「待って、トトがいないの」ドロシーが答えました。愛犬を置いていくなんて、とんでもないことです。しかし、トトは、民衆の中に子猫がいるのを見つけ、ほえかかろうとしていたのです。やっとトトを見つけたドロシーは、腕に抱き上げ、気球に向かってかけ出しました。

あと数歩のところで、ドロシーに手を貸そうとオズが腕を伸ばしたとき、ブチッ！となわが切れてしまい、ドロシーを置いたまま、気球は空へと飛んでいってしまいました。

「戻ってきて！」ドロシーは悲鳴をあげました。「わたしも乗せて！」

「すまない。戻すことはできないんじゃよ」オズがカゴから叫びました。「さらばじゃ！」

「さようなら！」民衆は、カゴに乗ってどんどん空高く昇っていく魔法使いを、目で追いながら言いました。

それが民衆の見た、ふしぎですばらしいオズの最後の姿でした。彼がぶじにオマハにたどり着いたのか、今はどうしているのか、知る由もありません。しかし、民衆は情愛を持って彼をなつかしみ、口々に言いました。

「オズさまはいつもわたしたちの味方でした。ここにいたころ、彼はこの美しいエメラルドの都を建ててくれました。そして、いなくなられた今でも、賢いかかしさまがわたしたちを統治するよう配慮してくださった」

しかし、彼らは何日もすばらしい大魔法使いがいなくなってしまったことを悲しみ続け、そのあいだ、気が晴れることもありませんでした。

第十八章　南の国へ

ドロシーはカンザスに戻る希望を失い、悲嘆の涙に暮れていました。しかし、よくよく考えてみると、気球で空高く飛んでいってしまわなくてよかった、という結論に達しました。ですがその一方、オズがいなくなってしまったのを、とても残念に思いました。そしてもちろん、彼女の仲間たちも同じ気持ちでした。

ブリキの木こりがドロシーのところへ来て言いました。

「おれにこの美しい心臓をくれた男がいなくなって、少しは哀しみを表さなければ失礼にあたる。それで悪いがドロシー、少し泣きたいから、おれがさびつかないよう涙をふき取ってくれないか」

「もちろん。よろこんで」ドロシーは答え、すぐに一枚のタオルを持ってきました。ブリキの木こりがしばらく涙を流すと、ドロシーはタオルでていねいに涙をぬぐってあげました。ブリキの木こりは泣きやむと心からお礼を言い、万が一を考え、宝石をちりばめた油さしで、念入りに油をさしました。

オズがいなくなった今、エメラルドの都は、かかしによって治められていました。かかしは魔法使いでこそありませんでしたが、住民は彼を誇りに思っていました。「なぜなら」と住民は口々に言いました。「世界じゅうどこを探しても、わらをつめた人が治める都なんて、けっしてありませんからね」彼らが知るかぎりでのゆるぎない真実だとしっかり認識していたのです。

オズの乗った気球が飛び立ったつぎの朝、四人の冒険者たちは玉座の間に集まり、ことのしだいを話し合いました。かかしは大きな台座に腰かけ、ほかの三人はうやうやしくそれを囲むように立っていました。

「ぼくたちは思っているほど不運ではありませんよ」新しい統治者が言いました。「この宮殿もエメラルドの都も、ぼくたちのものになりましたし、心のままにできるわけですからね。ぼくの記憶ですと、ついこの前までぼくは、農家のトウモロコシ畑で棒に吊るされていました。しかし、それが今となっては、この美しい都を治める者となることができたのです。ぼくは、自分の運命にたいへん満足していますよ」

「おれもそうさ」ブリキの木こりが言いました。「新しい心臓におおいに満足している。世界でいちばんほしいと願っていたものが、まさに手に入ったのだからな」

「おいらだって、ほかのどんな動物とも同じくらいだということを知っているだけで

満足だよ。まあ、それ以上ではないかもしれないけどね」ライオンもひかえめながら言いました。

「もしドロシーも、このエメラルドの都に住むことに納得してくれたなら」かかしが続けました。「ぼくらはしあわせに暮らしていけるのですけどね」

「でも、わたし、ここには住みたくないの」ドロシーはなげきました。「わたし、カンザスに帰って、ヘンリーおじさんやエムおばさんといっしょに暮らしたいの」

「じゃあ、これからどうすればいいんだ？」ブリキの木こりがたずねました。

かかしは解決策を編み出そうと、考えをめぐらせました。するとあまりにも深く考えこんだので、頭の中の押しピンや針が外に飛び出してきました。しばらくすると、かかしがついに口を開きました。

「空飛ぶサルを呼び出して、砂漠の向こうに連れていってもらうようお願いしてみればいいかがでしょう？」

「そんなこと、考えもしなかったわ！」ドロシーがうれしそうに言いました。「なんてすばらしい考えでしょう。すぐに金の帽子を持ってくるわ」

ドロシーは玉座の間に帽子を持ってくると、呪文をとなえました。するとすぐに、空飛ぶサルたちが開いた窓から飛びこんできて、ドロシーの前に立ちました。

「これで二回目の呼び出しとなります」サルのリーダーが少女に深々とおじぎをして言いました。「何をお望みですか？」

「わたしをカンザスまで連れて帰ってほしいの」ドロシーが言いました。

しかし、サルのリーダーは首を横に振りました。

「それはできません」彼は言いました。「われわれはこの国でのみ存在することができるので、この国を離れられないのです。空飛ぶサルは一匹としてカンザスに存在したことがなく、今後もそのようなことはけっしてないでしょう。われわれはカンザスにはそぐわないのです。われわれのできる範囲でしたら、どんな望みでもよろこんでかなえましょう。しかし、砂漠を越えることはできないのです。それでは、さようなら」

リーダーはまた一礼すると、翼を広げ、一群を引き連れて窓から飛んでいってしまいました。

ドロシーは絶望の淵《ふち》に立たされ、今にも泣き出しそうでした。

「たいせつな金の帽子の魔法を一回むだにしてしまったわ」ドロシーは言いました。「空飛ぶサルでもわたしを救ってくれることはできないのね」

「これはじつに残念だ！」心やさしい木こりが言いました。

ふたたび考えこんでいたかかしでしたが、頭があまりにも飛び出してきたので、爆発してしまうのではないかと、ドロシーは不安になりました。

「緑のあごひげの老兵をここに呼び」かかしが言いました。「彼の意見を聞いてみましょう」

そうして、老兵が召されましたが、オズが君臨していたころは、入口のところまでしか進むことが許されていなかったので、彼はおずおずと玉座の間に入ってきました。

「こちらのお嬢さんなのですが」かかしが老兵に言いました。「砂漠の向こうに帰りたいと言っているのです。どうしたらたどり着けるか知っていますか？」

「わかりません」老兵が答えました。「オズさまご自身以外は、だれひとりとして砂漠を越えた者がおりませんので」

「わたしを助けてくれるような人はだれもいないの？」せっぱつまったドロシーが言いました。

「グリンダさまでしたら、何かおわかりになるかもしれません」彼は提案しました。

「グリンダさまとはどなたですか？」かかしがたずねました。

「南の魔女です。魔女の中ではもっともお力があり、クアッドリングたちを治めておられます。それに、彼女の城は砂漠の間近に建っておりますので、砂漠を越える方法を何かごぞんじかもしれません」

「グリンダさまとはよい魔女なのですよね？」少女が聞きました。

「クアッドリングたちはそう思っているようです」老兵が答えました。「それにグリンダさまは万民におやさしいかたです。また、グリンダさまはとても長く生きておられますが、それにもかかわらず、たいへんお若くてお美しいとも聞きました」

「彼女のお城へはどうやって行けばいいの？」ドロシーは聞きました。

「まっすぐ南へ下る道をたどって行くのです」彼は答えました。「しかし、その道のりは旅人にはとても危険だということです。森にはどう猛な獣が生息し、なわばりを通る者をとても嫌う奇妙な人種も住んでいるそうです。このためクアッドリングたちは、けっしてエメラルドの都まで来ないのです」

老兵は言い終わると、王座の間から下がっていきました。すると、かかしが言いました。

「どうやら、危険な目にあうかもしれない旅になりそうですが、ドロシーに残された道は、南の国へ行き、グリンダさまに助けを乞うことだけのようですね。ここにいても、けっしてカンザスには帰れませんから」

「また考えをめぐらせていたのか」ブリキの木こりが言いました。

「お察しのとおりです」かかしが言いました。

「おいら、ドロシーといっしょに行くよ」ライオンが宣言しました。「おいら、きみの都にいるあいだに、森や自然が恋しくなっちまった。忘れているかもしれないけど、おいらだって野生の動物だからね。それにドロシーを守る人だって必要だろう」

「それもそうだな」木こりが同調しました。「おれの斧が役に立つときが来るかもしれん。だから、おれもいっしょに南の国に行くとしよう」

「いつ出発しましょうか？」かかしが聞きました。

「あなたも来るの？」全員が驚いて聞き返しました。

「もちろんですとも。ドロシーのおかげで脳ミソが手に入ったのですから。彼女がトウモロコシ畑の棒から降ろしてくれて、エメラルドの都まで連れてきてくれたのですよ。ぼくの幸運はすべて、彼女がいたからこそ手に入れることができたのです。ですからぼくは、彼女がぶじカンザスに向けて旅立つまで、そのそばを離れません」

「ありがとう」ドロシーは心をこめて言いました。「みんな、ほんとうに親切なのね。でも、できるだけはやく出発したいわ」

「それでは、明日の朝、出発しましょう」かかしが答えました。「長旅になると思いますので、みなさん、旅の準備にとりかかってください」

第十九章　森の番人に襲われる

翌朝、ドロシーはかわいい緑の娘にお別れのキスをし、緑のあごひげの老兵と門まで行き、そこで一行はひとりずつ握手をかわしました。門番は一行を見たとき、彼らがなぜこの美しい都を離れて、新たな困難に身を投じるのか、まったく理解できませんでした。しかし、彼は何も言わず、てぎわよく緑のめがねをはずし、緑色の箱に入れると、旅の安全を祈る言葉を一行におくりました。

「あなたさまは、われらを治めるかたですから」門番はかかしに言いました。「できるだけはやくお戻りください」

「もちろん、そうするように努力しますよ」かかしは答えました。「しかし、今はドロシーを家に帰してあげる方法を見つけるのが先決なのです」

ドロシーは、親切な門番に最後のお別れを言い、さらにつけ加えました。

「あなたがたの美しい都に滞在しているあいだは、とてもよくしてもらい、みんなほんとうに親切な方たちばかりでした。どんなに感謝しているか、口ではとても言いあらわせませんわ」

「どうか、気になさらないでください」彼は答えました。「これからもぜひいっしょに暮らしていただきたいが、そなたがカンザスに帰りたいと願っているのであれば、それが実現することを祈っていますぞ」そして、彼は外壁側の門をあけました。一行はふたたび街の外に出て、新たな旅に出発したのでした。

太陽の光が燦々《さんさん》と降りそそぐなか、一行は一路、南の国のほうへ向けて歩き出しました。彼らはみんな意気揚々と、笑ったり、おしゃべりをしたりしながら行きました。ドロシーは、ふたたび家に帰れる希望に満ちた表情を浮かべており、かかしとブリキの木こりは、彼女の役に立てるのをとてもよろこんでいました。ライオンは新鮮な空気を胸いっぱいに吸いこみ、自然の中にいるという純粋なよろこびから、しっぽを左右に振っていました。トトはというと、一行のまわりを走りまわり、蛾《が》やチョウを追いかけながら、楽しそうにほえていました。

「都会の生活はおいらの性に合わないよ」軽い足どりで歩きながら、ライオンが言いました。「あそこに住んでいるあいだに、筋肉がかなり落ちてしまった。この先、自分がどれだけ勇敢になったか、さっそくほかの動物たちに見せてやるチャンスが来るといいなあ」

そこで彼らは、エメラルドの都の姿を最後にひと目見ようとふり返りました。そこから見えるエメラルドの都は、緑の壁に囲まれた高い塔やとんがり屋根が群れになっており、それよりずっと高いところにオズ宮殿の塔やドーム型の屋根がそびえていました。

「ふたをあけてみると、オズはそんなに悪い魔法使いじゃなかったな」胸の中でカタカタと心臓が鳴っているのを感じながら、ブリキの木こりが言いました。

「彼はぼくに脳ミソをくれる方法を知っていましたし、その脳ミソもとても優秀ですよ」かかしが言いました。

「おいらにくれた勇気と同じものを、オズが少しでも飲んでいれば」ライオンがつけ加えました。「彼もとても勇敢な人になっただろうにね」

ドロシーは口をつぐんだまま黙っていました。オズが、自分との約束を守らずにいなくなってしまったからです。しかし、彼がベストを尽くしたのはわかっていたので、彼を許してあげることにしました。オズは自分自身が言っていたように、魔法使いとしては失格だったかもしれませんが、人間としてはいい人だったのです。

その日は、色とりどりの花が咲き、エメラルドの都を囲むように広がる緑の草原を歩いて、一日が終わりました。一行はその晩、あたりには星しかない草の上で横になり、ぐっすりとじつに深い眠りにつきました。

朝が来ると、彼らは深い森が行く手を阻《はば》むところまで歩き続けました。その森は迂回《うかい》して抜けることはとうてい不可能なほど、右にも左にも広がっていました。しかし一行は、迷子になるのをおそれていたため、けっして方向を変えようとはしませんでした。そこで彼らは、森の中に入れそうな場所を探しました。

先頭を歩いていたかかしが、枝を横に大きく広げた大木を、ついに発見しました。その枝の下には全員がくぐるのに充分なスペースがありました。彼はその木に向かって歩いていきましたが、いちばん手前にある枝をくぐったと思ったら、その枝が下に垂れ下がり、彼の体にからみつくと、つぎの瞬間、かかしは地面から足が離れ、一行の足もとに投げつけられていました。

これでかかしが痛い思いをすることはありませんでしたが、彼はビックリしてしまい、ドロシーが立たせてあげたときも、まだ目が回っているようでした。

「こっちにも入れそうな場所があるよ」ライオンがみんなに呼びかけました。

「ぼくが最初に行きましょう」かかしが言いました。「ぼくは投げられても痛みを感じませんから」彼はそう言いながら、その木に向かって歩いていきました。しかし、またしても枝がすぐに彼をつかみ上げると、森の外に投げ出してしまったのです。

「これはいったいどういうことかしら」ドロシーが叫びました。「どうしたらいいの？」

「どうやらこの木々たちは、おいらたちを襲って、先に進むのを阻止《そし》しようと決めているみたいだね」ライオンが言いました。

「どれ、おれが抜けてみる」木こりが言いました。そして、斧を肩にかつぐと、かか

DEN

しを手あらにあつかった最初の木に向かっていきました。その木が彼をつかまえようと、太い枝を伸ばしたとき、木こりは猛然と切りかかり、その枝を切り落としてしまいました。すると、まるで痛がっているかのように、その木がすべての枝をゆらし始め、そのすきにブリキの木こりはぶじに枝の下をくぐり抜けました。

「さあ、こっちへ！」彼は、残った仲間たちに呼びかけました。「急げ！」

彼らは一目散にかけ出し、ケガひとつなく木の根元を通過しました。しかし、最後にトトが細い枝につかまってしまい、痛くてほえ出すまで、激しくゆすられてしまいました。木こりはすぐにその枝を切り落とし、小さな犬を自由にしてやりました。

森のほかの木々は、彼らの行く手を阻むようなことはしませんでした。それを見た一行は、いちばん外側の木々だけが、枝を自在に動かすことができ、おそらく森の番人のような役割を担っていて、部外者の立ち入りをふせぐために、このふしぎな力をあたえられているのだろうと解釈しました。

四人の冒険者たちは、木々のあいだを悠々《ゆうゆう》と歩き、森の反対側まで進みました。すると驚いたことに、目の前には、真っ白な陶磁《とうじ》でつくられたような高い壁が立ちはだかっていました。その壁は、お皿のようにつるつるとしており、頭よりも高いところまで伸びていました。

「さあ、どうしましょう？」ドロシーが聞きました。

「おれがはしごをつくるよ」ブリキの木こりが言いました。「この壁を越えないと、先へは進めないからな」

第二十章　繊細な陶磁《とうじ》の国

木こりが森の中で見つけてきた材木ではしごをつくっているあいだ、長いこと歩き続けて疲れてしまったドロシーは、横になって眠りました。ライオンも丸くなって眠りにつき、そのとなりにはトトが横になりました。

かかしは木こりが作業をしているのをながめながら、言いました。

「どうしてここにこんな壁があるのか、ましてや、何でできているのか、ぼくにはまったく見当がつきませんね」

「しばらく脳ミソを休ませろ。それに壁のことは心配するな」木こりが答えました。「壁を越えれば、向こう側に何があるのか、すぐにわかるさ」

しばらくして、はしごが完成しました。見た目はかなりいびつでしたが、ブリキの木こりは、はしごが頑丈で、十分役割をはたすと確信していました。かかしは、ドロシーとライオンとトトを起こし、はしごができあがったと伝えました。はじめにかかしがはしごに足をかけましたが、ひどく不器用だったので、ドロシーがすぐ下を登って、彼が落ちないようにささえてやらなければなりませんでした。かかしが壁の上から首を出し、向こう側を見たとき、思わず叫びました。

「これはおどろいた！」

「さあ、はやく登ってちょうだい」ドロシーが呼びかけました。

そこで、かかしはさらに上まで登り、壁に腰かけました。続いてドロシーが首をのぞかせると、

「まあ、これはおどろいた！」思わず、かかしと同じように叫び声を上げていました。トトがつぎに登ってきて、すぐにほえ出しましたが、ドロシーが静かにさせました。そのあと、ライオンがはしごを登り、最後にブリキの木こりが登ってきました。ふたりとも、壁の向こうをのぞいた瞬間「これはおどろいた！」と叫んでいました。彼らは全員壁の上に並んで腰かけ、しばらく眼下に広がるこの奇妙な風景をながめていました。

彼らの足もとに広がっているのは、ピカピカの真っ白な大皿のような床がどこまでも続く国でした。そこには、色とりどりに彩色された陶磁製の家が点々と置かれていました。この家々は比較的小さく、いちばん大きなものでも、ドロシーの腰あたりまでしかありませんでした。また、陶磁のさくで囲まれたかわいらしい家畜小屋などもあり、た

くさんの雌牛や羊、馬や豚やにわとりが群れをなしていましたが、どれも陶磁でできた動物たちでした。

しかし、そのなかでもいちばん目を引いたのが、この奇妙な国に住む人々の姿で、色とりどりのベストや金の水玉模様のワンピースを着ている乳しぼり娘や、羊飼いの娘がいました。また、金と銀と紫のとてもきらびやかなドレスを着たお姫様もいました。さらに、ピンクや黄色や青のストライプ柄のズボンと、金のバックルのついた靴をはいた羊飼い、それに、宝石のついた冠《かんむり》をかぶり、白地に黒斑のローブとサテンのベストを着た王子さまや、ひだのたくさん入ったガウンを着て、ほおを赤くそめ、とんがり帽子をかぶった道化師などもいました。しかし、この人たちのもっとも風変わりなところは、洋服を含めたすべてが陶磁でできていたことでした。みんな体が小さく、いちばん背の高い人でも、ドロシーのひざぐらいまでしかありませんでした。

最初、だれひとりとして、冒険者たちに気がつきませんでした。ただ一匹、紫色の陶磁製の、体のわりには頭の大きな犬が壁まで寄ってきて、小声でほえると、また走り去っていきました。

「どうやって下に降りようかしら?」ドロシーが聞きました。

彼らははしごを引き上げようとしましたが、重くて持ち上がりません。そこで、かかしが壁からすべり降り、ほかの仲間たちは足を痛めないよう、彼をクッション代わりにして飛び降りました。もちろん、かかしの頭の上に飛び降りて、足にピンが刺さらないように、みんな気を配りました。全員がぶじに降りると、体が平べったくなってしまったかかしを立たせ、わらをたたいて、もとどおりの形に戻してあげました。

「この奇妙な国を横断しなければ、反対側にはたどり着かないわね」ドロシーが言いました。「南以外の方向に進むのは賢明じゃないもの」

一行は陶磁の人々の国の中を歩き始めました。彼らが最初に遭遇したのは、陶磁製の雌牛の乳をしぼっていた娘でした。彼らが近づくと、突然、雌牛がうしろ足をけり上げました。すると、腰かけも手おけも乳しぼり娘までも、ガチャン、と大きな音を立てて倒れてしまったのです。

ドロシーは、雌牛の足がポッキリと折れ、手おけがバラバラに割れ、乳しぼり娘の左ひじが欠けてしまったのに、たいへんなショックを受けました。

「なんてことをしてくれたの！」乳しぼり娘がどなりました。「どうしてくれるの！　雌牛の足が折れちゃったから、また修理屋さんに連れていってのりづけし直してもらわなきゃいけないじゃない。わたしの雌牛を驚かすなんて、どういうつもり？」

「ほんとうにごめんなさい」ドロシーが言いました。「どうか許してちょうだい」

しかし、このかわいらしい乳しぼり娘は、あまりにも腹を立てていたので、何も答えませんでした。娘はむっつりしたまま、折れた足を拾い上げると、雌牛を引いて行ってしまいました。かわいそうな雌牛は、三本の足を引きずりながら、あとについて行きました。娘は、歩きながらも何度かふり返り、不器用な一行を責めるようににらみつけ、左ひじを脇でささえながら歩き去っていきました。

ドロシーはこの失態にとても落ちこんでしまいました。

「この国では、細心の注意を払わなきゃいけないんだな」心やさしい木こりが言いました。「でなきゃ、このかわいらしい人々を傷つけちまう。そうしたら、おれは二度と立ち直れないだろう」

またしばらく歩くと、今まで見たなかでもいちばん美しく、若いお姫さまに会いました。そのお姫さまは、一行を見るなり、走って逃げていきました。

もっと近くでそのお姫さまを見たかったドロシーは、あとを追いかけました。すると、その陶磁のお姫さまが叫びました。

「追いかけないでください！　追いかけないでください！」

その小さな声があまりにもおびえていたので、ドロシーは、はたと足を止めて聞きました。

「どうして？」

「それは」距離を保ったまま立ち止まったお姫さまが言いました。「走って転んだりしたら、こわれてしまうかもしれないからです」

「でも、直してもらえないの？」少女が聞きました。

「もちろん、直してもらえますとも。でもね、一度こわれたものを直しても、前ほど美しくはないでしょ」お姫さまが答えました。

「それもそうね」ドロシーが言いました。
「ほら、あそこにいる道化師の、ジョーカーさんをごらんください」陶磁のお姫さまが続けました。「彼は、いつも頭で逆立ちしようとしているわ。彼はしょっちゅう自分をこわしてしまうから、何か所も修理されていますのよ。だから、見た目にはとても美しいとは言えないでしょ。ほら、こちらに向かってきていますから、ご自身の目でおたしかめください」
するとも、とてものう天気な道化師が、こちらに向かって歩いていました。ドロシーがよく見ると、彼が着ている赤や黄色や緑の服はかわいらしいのに、全身のあちらこちらにひびが入っていました。彼が何か所も修理されているのは、一目瞭然でした。
道化師はポケットに手をつっこみ、ほおをふくらませ、こちらに流し目を送ると、こう言いました。
「わたしのいとしいお姫さま
あわれなジョーカーを
どうしてそんなに見つめるの？
火かき棒を飲みこんだみたいに
コチコチに固まって
とりすましちゃってさ！」
「静かになさい！」お姫さまが言いました。「こちらにおられるかたがたは、この国のお客さまですよ。お行儀よくできないの？」

「こりゃまた、ごあいさつだね」道化師は言うと、頭で逆立ちをしました。

「ジョーカーさんのことは気にしないでくださいね」お姫さまがドロシーに言いました。「彼は頭にもたくさんひびが入っていて、おばかさんになってしまったのよ」

「全然気にならないわ」ドロシーが言いました。「ところで、あなたはほんとうにきれいね」ドロシーは続けました。「とても好きになれそう。カンザスまで持って帰って、エムおばさんの炉棚に飾らせてくれないかしら？　カゴに入れてたいせつに連れていってあげるから」

「そんなひどいことをしないでください」陶磁のお姫さまが答えました。「わたくしたちはこの国で、しあわせに暮らしております。ここにいれば、自由におしゃべりしたり、動いたりすることができます。でもわたくしたちは外に連れていかれると、一瞬にして関節が固まってしまい、見た目には美しいけれど、ずっと立っているしかありませんの。もちろん外の世界では、炉棚や戸棚や書斎のテーブルの上で、わたくしたちに求められることはそれだけですけれども、ここで生活しているほうがずっと性に合っているのです」

「まあ、何があっても、あなたに不幸になってほしくはないわ！」ドロシーが叫びました。「それでは、お別れを言っておくだけにするわね」

「ごきげんよう」お姫さまが答えました。

　一行は細心の注意を払いながら、陶磁の国を進んでいきました。小さな動物や人々は、自分たちがこの侵入者たちにこわされるのではないかという恐怖心から、彼らの行く手から一目散に逃げていきました。そして、一時間ほど歩いたところで、冒険者たちは国の反対側にある陶磁の国の壁に到着しました。

　こちら側の壁ははじめの壁ほど高くなかったので、みんなはライオンの背中に乗って、何とかよじ登ることができました。最後にライオンは身をかがめ、壁に飛び乗りました。しかし、彼が飛び上がった瞬間、しっぽが陶磁の教会にあたり、こなごなに砕いてしまいました。

「なんてことをしてしまったんでしょう」ドロシーが言いました。「でも、雌牛の足と教会だけですんでよかったわ。何もかもがとっても華奢なんですもの！」

「まったく、おっしゃるとおりでしたね」かかしが言いました。「ぼくは、自分がわらでできていて、そうかんたんにはダメージを受けたりしなくてよかったと痛感しましたよ。かかしでいるよりもたいへんな人々もいるのですね」

第二十一章　ライオンが百獣《じゅう》の王になる

陶磁の壁から降り立った冒険者たちの前には、とても不快な景色が広がっていました。背の高い芝がはえ放題で、沼や湿地がいたるところにあります。ドロドロのぬかるみをあまりにも生い茂った草が隠していたので、この穴に落ちないように進むのは至難のわざでしたが、注意深く踏み分けて歩いていき、何とかこの湿地帯を抜けることができました。ところが、その先の土地も、今までにもまして荒れ果てており、やぶの中を進む長く厄介な道のりでした。

苦労のすえ、一行はふたたび大きな森の前にたどり着きました。しかも、ここに生息している木々は、今まで見たものよりも古く、大きなものばかりでした。

「この森はなんてすばらしいんだろう」ライオンがあたりを見まわし、ウキウキしながら言いました。「こんなに美しいところは、今まで見たことがないよ」

「ずいぶんと薄暗いようですけれども」かかしが言いました。

「そんなことはないよ」ライオンが答えました。「ここで一生をすごせたら、どんなにすてきだろう。このやわらかい枯れ草を踏む感じといい、あの大木に青々と茂るこけの感じといい、野生の動物が望むすみかとして、これほど居心地のいいところはないよ」

「この森にはすでに住んでいる動物がいるかもしれないわね」ドロシーが言いました。

「たぶんいるだろうね」ライオンが答えました。「でも、近くにはいないみたいだよ」

一行は、暗くなりすぎて先が見えなくなるまで、森の中を歩き続けました。そして、いつものようにかかしと木こりが見張りをするなか、ドロシーとトトとライオンは横になって眠りにつきました。

朝が来ると、一行はふたたび出発しました。あまり遠くまで行かないうちに、何頭もの野生の動物たちがほえているような、低い音が響いてきました。トトは小さく鼻を鳴らしましたが、ほかの仲間たちはこわいとは思わなかったので、踏みならされた獣道を先へと進んでいきました。すると彼らは、森の中の開けた場所に出ました。するとそこには、ありとあらゆる種類の動物たちが何百頭も集まっていました。トラやゾウやクマやオオカミやキツネをはじめ、自然界に存在するありとあらゆる動物たちが集まっており、これを見たドロシーは、一瞬、足がすくんでしまいました。しかし、ライオンの説明によると、彼らは集会を開いており、彼らの声の調子から判断すると、何か大きな問題を抱えているのだろうということでした。

ライオンが説明しているのを数頭の動物が見つけると、群れの大きなうなり声が、まるで魔法をかけたかのようにピタッと止まりました。その中にいた、いちばん大きなトラがライオンに一礼をして言いました。

「百獣の王よ、ようこそおいでくださいました！　われわれの敵を倒し、この森に住む動物たちがふたたび平和な暮らしを取り戻すのに絶好のタイミングで、よく来てくださいました」

「何を悩んでいるんだい？」ライオンが落ち着いた声で聞きました。

「われわれはみな、心安らぐことのない日々を送っているのです」トラが答えました。「どう猛な敵が最近この森に移り住んできたのです。それはとてもおそろしい怪獣で、見た目は巨大なクモのようなのですが、ゾウほどの大きさで、足はまるで大木の幹のように長いのです。八本ものこの

ような足で、怪獣は森の中を這いまわり、足で動物をつかむと、口の中に引きずりこむのです。その姿はまるで、ハエを食べるクモのようです。このどう猛な怪獣が生きているかぎりここにいるわれわれのだれもが、身の危険にさらされてしまいます。そこでわれわれは、どのようにして身を守るべきか話し合うために、集会を開くことにしたのです。そこに、あなたさまが来てくださったというわけです」

ライオンはしばらく考えこみました。

「この森にはほかにライオンはいないのかい?」彼は聞きました。

「はい。何頭かはいたのですが、全員この怪獣に食べられてしまいました。それに、そのライオンたちと比べても、あなたさまほど大きく、勇敢なライオンはいませんでした」

「もしおいらがきみたちの敵を倒したら、おいらをあがめ、百獣の王としておいらの命令にしたがってくれるかい?」ライオンがたずねました。

「よろこんでしたがわせていただきます」トラが答えました。ほかの動物たちも、「もちろんですとも!」と同調するかのように、力強くほえました。

「その大きなクモとやらは、今どこにいるんだい?」ライオンが聞きました。

「カシの木の群生するあちらのほうにいます」トラが前足で指しながら言いました。

「おいらの仲間たちをたのむよ」ライオンが言いました。「おいらがその怪獣と戦っているあいだ、守っていておくれ」

彼は仲間にしばしの別れを告げると、胸を張って、敵と戦うために向かいました。

ライオンが巨大なクモを発見したとき、クモはぐっすりと眠っていました。その姿はあまりにも醜く、敵討《かたきう》ちにきたほうが嫌気をさして、鼻づらをそむけてしまうほどでした。クモの足は、トラが言ったとおりとても長く、体は粗い黒毛におおわれていました。大きな口の中には一フィートはあるするどい歯が並んでおり、その頭とずんぐりした胴体は、スズメバチの腰程度の厚みでつながっていました。これを見て、ライオンはこの怪獣を退治する最高の作戦を思いつきました。この怪獣は起きているときよりも、眠っているときのほうが攻撃しやすいと判断したライオンは大きくジャンプすると、怪獣の背中に飛び乗りました。そして、鋭い爪を立てた大きな手で、クモの首を体から一撃で引きちぎりました。そのあと、下に飛び降りて、クモのもだえる足の動きが止まって、完全に死んでしまうまで敵を見すえていました。

ライオンは森の動物たちが集まっている広場に戻り、自信に満ちた声で言いました。

「もう敵の影におびえながら暮らすことはないよ」

すると動物たちは、ライオンを王とたたえ、深々とおじぎをしました。ライオンは、ドロシーがぶじにカンザスへ旅立った暁には、この森へ戻ってきて彼らを統治すると約束しました。

第二十二章　クアッドリングの国

四人の冒険者たちは、その先の森をぶじに通過しました。薄暗がりを抜けると、目の前には、上から下まで大きな岩のゴロゴロしている高い丘がそびえていました。

「これを登るのはひと苦労ですよ」かかしが言いました。「ですが、いずれにせよ、これを越えなければなりませんね」

そう言うと、彼は先頭を切って歩き出し、ほかの者たちが続きました。彼らが最初の岩に近づくと、突然、しゃがれた声が叫びました。

「ここは立ち入り禁止だ！」

「どなたですか？」かかしが言いました。すると、声の主が岩のかげから頭をのぞかせ、変わらぬ調子で言いました。

「この丘はおれさまたちのものだ。だれひとり、ここを通すわけにはいかぬ」

「でも、ここを通らなければならないのです」かかしが言いました。「ぼくたちは、クアッドリングの国へ行きたいのです」

「しかし、通すことはできぬ！」声が返ってきました。そして、姿をあらわした声の主は、この一行が今までに見てきた者たちよりもずっと奇妙な姿をしていました。

男はかなり太っていて、背が低く、体つきのわりには頭でっかちでした。そして、しわの多い太い首で、てっぺんが平べったい頭をささえていました。そのうえ腕が一本もなかったので、かかしは、こんなひ弱そうなやつだったら、だれかが丘を登るのを阻止することなどできないだろうと、相手を見くびってしまったのです。そこで、かかしは言いました。

「あなたの望みどおりにできなくて、申しわけないのですが、この丘を越えさせてもらいますよ」そして、かかしは勇ましく前へ進んでいきました。

すると稲妻よりも速く、その男の首が前に飛び出し、頭の平べったいところがぐんぐん伸びてきて、かかしのみぞおちにあたりました。かかしはその衝撃で丘をぐるんぐるんと転がり落ちていきました。男の頭は、伸びてきたのと同じ速さでもとに戻り、男はあざ笑いながら言いました。

「そうやすやすとこの丘を登れると思うな！」

そのとき、ほかの岩かげからもけたたましい笑い声が聞こえたかと思うと、一行の前にはおおぜいの腕なし金づち頭が丘のいたるところにある岩かげからあらわれました。かかしの失態をばかにするかのように笑う彼らに腹を立てたライオンは、雷鳴《らいめい》がとどろくような大きな声でほえると、丘を一気にかけ上がりました。

すると、ふたたびすばやく頭が飛び出してきて、大きなライオンは砲弾《ほうだん》に撃たれたように、丘を転がり落ちてしまいました。

ドロシーはかけより、かかしを立ち上がらせました。すると傷ついてガックリと肩を落としたライオンが、トボトボと近寄ってきてこう言いました。

「頭で攻撃してくる人たちとなんてとてもじゃないけど戦えないよ。彼らを倒すのはむりだ」

「じゃあ、どうすればいいのかしら？」ドロシーが聞きました。

「空飛ぶサルを呼び出したらどうだろう」ブリキの木こりが提案しました。「あと一回、呼び出せるだろう」

「わかったわ」彼女は答えると、金の帽子をかぶり、呪文をとなえました。サルたちはいつものように、群れをなして、ドロシーの前にすぐに降り立ちました。

「何をお望みですか？」サルのリーダーが低くおじぎをしてたずねました。

「この丘の向こうにあるクアッドリングの国まで、わたしたちを運んでちょうだい」少女は答えました。

「仰せのままにいたします」リーダーが答えると、すぐに空飛ぶサルたちは、四人の冒険者たちとトトを抱え、空高く飛び上がりました。彼らが丘の上を飛んでいくと、金づち頭たちはどなり声をあげながら、頭を空に向けて伸ばしましたが、空飛ぶサルのところまでは届きませんでした。空飛ぶサルたちは一行を抱え、丘の反対側にある美しいクアッドリングの国へぶじに降り立ちました。

「これで、あなたがわれわれを呼び出すことはもうできなくなりました」リーダーはドロシーに言いました。「これからの幸運を祈ります。さようなら」

「さようなら。ほんとうにどうもありがとう」少女が言うと、空飛ぶサルたちは空高く舞い上がり、空に輝く点となって消えていきました。

クアッドリングの国は一見すると、とても豊かでしあわせそうな国に見えました。たわわに実る穀倉《こくそう》地帯がどこまでも続き、そのあいだをきちんと舗装された道が伸び、さらさらと流れる小川にはりっぱな橋がかかっていました。ウィンキーの国では黄色、マンチキンの国では青色だったように、この国ではへいや家や橋が、すべて赤く塗られていました。クアッドリングたちは、コロコロとして、かっぷくがよく、とても愛想のいい人たちでした。彼らは全身を赤い服で包み、緑の草原と黄金に輝く穀草に、それがよく映えていました。

空飛ぶサルたちは一行を農家の近くに降ろしてくれたので、四人はその家のドアをノックしました。農夫の妻がドアをあけ、ドロシーが何か食べるものをくださいとお願いすると、彼らに三種類のケーキと四種類のクッキー、トトにはミルクという豪華な夕食をごちそうしてくれました。

「グリンダさまのお城へは、ここからどれくらいかかりますか？」少女が聞きました。

「そんなに遠くはないですよ」農夫の妻が答えました。「南へ向かう道をまっすぐ進めば、じきにたどり着きます」

親切な女の人にお礼を言って、一行は新たな気持ちで野原のほとりや、かわいらしい橋を越えて歩いていきました。しばらくすると、目の前にとても美しいお城が見えてきました。門の前には、凛《りん》として赤い制服に金の組みひもをつけた、すらりとした三人の若い娘が立っていました。ドロシーが彼女らのところに歩み寄ると、娘のひとりが言いました。

「この南の国へどんなご用で来られたのですか？」

「この国を治めるよい魔女さまに会いにきました」ドロシーは答えました。「魔女さまのところへ案内していただけますか？」

「お名前をおっしゃっていただければ、グリンダさまがお会いになるかどうか、たしかめてまいります」一行が自分たちの身分を明かすと、兵隊姿の娘たちは、お城の中へ入っていきました。しばらくすると、ドロシーたちをすぐに通すようにと言われた娘たちが彼らのもとへ戻って来ました。

第二十三章　よい魔女がドロシーの願いをかなえる

一行は、グリンダに会いに行く前にお城の別室へと通され、そこでドロシーは顔を洗い、髪をとかしました。ライオンはたてがみにたまったホコリをふり落とし、かかしは体の形をできるかぎりととのえ、ブリキの木こりはブリキをみがいて、関節に油をさしました。

一行がある程度身なりをととのえると、兵隊姿の娘たちに連れられ、大きな部屋へと向かいました。その部屋にあるルビーの玉座に、グリンダがすわっていました。

グリンダは、だれの目にも若くて美しい魔女でした。真紅の髪がたくさんの輪を描きながら肩や背中に流れ、純白のドレスを着た青い目の魔女は、やさしいまなざしで少女に視線を落としていました。

「お嬢さん、どうしたの?」グリンダは声をかけました。

ドロシーは魔女に、たつまきによってオズの国に連れてこられたことや、仲間と出会ったこと、そして、ふしぎな冒険の一部始終をつつみ隠さず話しました。

「今、わたしが望んでいるのは、ただひとつだけです」ドロシーが最後につけ加えました。「それは、カンザスに戻ることです。わたしの身におそろしいことが起きたんじゃないかと、エムおばさんがひどく心配していると思うの。そうしたらおばさんは、わたしのためにお葬式をしないといけなくなってしまうわ。でも、今年の収穫が去年よりよっぽど多くないと、ヘンリーおじさんは、そんな大金をまかなえないはずなの」

グリンダは前にかがむと、自分を見つめる愛くるしい少女のほおにキスをしました。

「ほんとうに心のやさしい子だこと」グリンダは言いました。「もちろん、カンザスへどうやったら戻れるか、教えてあげられるわ」そして、さらにつけ加えました。「ただし、条件がひとつだけあります。その金の帽子をわたしにわたしてちょうだい。そうしてくれれば教えてあげましょう」

「よろこんで！」ドロシーが声を上げました。「わたしが持っていても、もう使うことができないし。この帽子をかぶると、三回、空飛ぶサルを呼び出すことができるのよ」

「ちょうど三回、彼らに手つだってもらいたいことがあるわ」グリンダは、ほほえみながら言いました。

ドロシーは、金の帽子をグリンダにわたしました。すると、魔女はかかしに言いました。

「ドロシーが出発したら、あなたはどうするの？」

「ぼくはエメラルドの都に戻ります」彼は答えました。「オズさまは、わたしを後任の統治者として指名し、人々もしたってくれています。ぼくが懸念しているのは、どうやって金づち頭の丘を越えるかということだけなのですがね」

「わたしがこの金の帽子の呪文を使って、あなたをエメラルドの都の正門まで送るように、空飛ぶサルたちに命じましょう」グリンダが言いました。「あなたのようなすばらしい統治者を、人々から取り上げることなどできませんからね」

「ぼくは、そんな価値のある存在なのでしょうか？」かかしが聞きました。

「あなたには類を見ない魅力があるわ」グリンダが答えました。

つぎにグリンダは、ブリキの木こりに言いました。

「あなたは、ドロシーがこの国からいなくなったら、どうするつもり？」

彼は手に持った斧に寄りかかり、しばらく考えこみました。そして答えました。

「おれは、ウィンキーの国へ行こうと思う。彼らはおれにとても親切にしてくれたし、悪い魔女を倒したあと、いつか戻ってきて自分たちを治めてほしい、と言っていたからな。おれもウィンキーたちは嫌いじゃないし、西の国に戻ってあげられたら、一生めんどうを見てやりたい」

「それでは、それを空飛ぶサルたちへのふたつめの命令としましょう」グリンダが言いました。「あなたをウィンキーの国へぶじに送ることよ。一見したところ、あなたの脳ミソはかかしほど大きくはなさそうですが、よくみがけば、あなたのほうがかかしよりも知性が光りそうですね。あなただったら、ウィンキーたちを賢明に、うまく治めることができるでしょう」

そして、魔女は大きくて、毛むくじゃらのライオンに聞きました。

「ドロシーが自分のうちに帰ったあと、あなたはどうするつもりなの？」

「金づち頭の丘を越えます」彼が答えました。「そこには、古い大きな森があって、そこの動物たちがおいらをそこの王にしてくれたんだ。あの森に帰れるなら、おいら、そこで一生しあわせに暮らせると思うんだ」

「では空飛ぶサルたちにたのむ三つめの命令は決まりましたね」グリンダが言いました。「あなたをその森へ連れていってもらいましょう。そして、金の帽子の魔力を使い切ってしまったうえで、帽子を空飛ぶサルのリーダーにわたしましょう。これでリーダー以下、すべての空飛ぶサルたちは、生涯自由の身となるわけです」

かかしとブリキの木こりとライオンは、心をこめて、よい魔女の心づかいにお礼を言いました。すると、ドロシーが口を開きました。

「グリンダさまは、ほんとうに美しいだけではなく、よい魔女さまなのですね！　でも、わたしはまだ、カンザスへどうやって戻ればいいのか教えてもらっていません」

「あなたのはいている銀の靴が、砂漠の向こうまで連れていってくれますよ」グリンダが答えました。「その靴に秘められた魔力を知っていれば、あなたはこの国に着いたその日のうちにエムおばさんのところへ帰れたのですよ」

「でも、そうしたらぼくは、このすばらしい脳ミソを手に入れることができませんでした！」かかしが叫びました。「一生、あの農夫のトウモロコシ畑ですごしていたかもしれません」

「おれだって、この美しい心臓を手に入れることができなかっただろう」ブリキの木こりが言いました。「そして、この世の終わりまであの森の中で、さびついたまま立っていたさ」

「おいらだって臆病なまま、生涯をとげていたよぉ」ライオンが断言しました。「そして、森の動物たちにたたえられることもなく生きていたんだ」

「彼らの言うとおりだわ」ドロシーが言いました。「わたしのすばらしい友だちの役に立てて、ほんとうによかったわ。でも、彼らがいちばん望んでいたことがかなえられて、そのうえ、それぞれに治める国ができたし。わたしはそろそろカンザスに帰ってもいいころだと思うの。」

「その銀の靴はね」よい魔女が言いました。「すばらしい魔力を秘めているのよ。その靴のいちばんふしぎな魔力は、たった三歩で、世界じゅうどこへでも連れていってくれることなの。目にもとまらぬ速さで、行きたいところへ運んでくれるわ。あなたは三回かかとを鳴らして、行きたいところへ連れていくように、靴に命令すればいいだけなのよ」

「じゃあ」ドロシーはよろこんで言いました。「わたしをすぐにカンザスへ連れていくようにお願いするわ」

ドロシーはライオンの首に手をまわし、キスをして、大きな頭をいとおしそうになでてあげました。そして、関節に大きなダメージをあたえそうなくらいはげしく泣いているブリキの木こりに、やさしくキスをしました。かかしには、ペンキで塗られた顔にキスをする代わりに、わらをつめたやわらかい体をぎゅっと抱きしめました。するとドロシーは、この長い旅をいっしょに乗り越えてきた、すてきな仲間たちとの悲しい別れに、自分も泣いていることに気がついたのです。

よい魔女のグリンダは、ルビーの玉座から降りてきて、少女にお別れのキスをしました。ドロシーは、自分を含めた仲間に対するやさしさに感謝し、魔女にお礼を言いました。

ドロシーはトトを静かに腕に抱え上げ、最後にもう一度別れをを告げると、かかとを三回打ち鳴らし、こう言いました。

「わたしをエムおばさんのところへ帰してちょうだい！」

＊　＊　＊　＊　＊

つぎの瞬間、ドロシーは空高く舞い上がり、目もくらむ速さで飛んでいったので、自分の耳に入ってくる風の音くらいしか感じませんでした。

銀の靴は、三歩歩いたところで、急に止まりました。それがあまりにも突然だったので、ドロシーは自分がどこにいるのかもわからず、草の上をゴロゴロと何回も転がってしまいました。

しばらくしてドロシーは起き上がり、あたりを見わたしました。

「まあ、なんてことでしょう！」ドロシーは叫びました。

驚いたことに彼女は、広大なカンザスの草原にすわっているではありませんか。すこし先に見えたのは、たつまきが運んでいってしまった古い家の跡地に、ヘンリーおじさんが新しく建てた家です。ヘンリーおじさんは、家畜小屋の前の庭で雌牛の乳しぼりをしています。トトはドロシーの腕から飛び降りて、うれしそうにほえながら、家畜小屋に向かって一目散にかけていきました。

ドロシーは立ち上がると、足に靴下しかはいていないのに気づきました。銀の靴は、空を飛んでいるあいだに脱げてしまい、砂漠のどこかに落ちて、永遠に見つからなくなってしまったのでした。

第二十四章　家路に着く

　エムおばさんが、畑のキャベツに水をあげようと家から出てきて、顔を上げた瞬間、ドロシーがこちらに向かって走ってくるのが目に飛びこんできました。

「まあ、まあ、ドロシーじゃないかい！」彼女は声を上げ、ドロシーを腕の中にぎゅっと抱きしめると、顔じゅうにキスの雨を降らせました。「今までいったいどこに行ってたんだい？」

「オズの国よ」ドロシーは大まじめに答えました。「ほら、トトも、ちゃんといっしょにいるわ。ああ、エムおばさん！　わたし、ぶじに帰ってこられて、ほんとうによかった！」

解説

オズの果てへの旅

巽　孝之

1　アメリカ国民童話の始まり

最初の魔法使いの記憶は、フランス作家シャルル・ペローの童話を視覚化したディズニー映画『眠れる森の美女』（一九五九年）だった。オーロラ姫に呪いをかけた魔女が、彼女を救おうとするフィリップ王子に対し、火を吐く巨龍と化して襲いかかるクライマックスが、とてつもなく恐ろしかった記憶がある。

しかし、アメリカの童話的想像力といったらたちまちディズニーが浮かぶという先入観は、そろそろ改めなくてはならない。ディズニー・アメリカのイメージ自体が、あくまで第二次世界大戦以後につくられたものにすぎないからである。ロサンジェルス近郊アナハイムに世界初のディズニーランドが建設されたのも、ようやく一九五五年になってからのこと。ここで思い出さなくてはならないのは、ほんとうのところ、ディズニーよりもはるかに先立つ段階で、ヨーロッパ系文学の脚色にとどまらぬアメリカならではの国民童話が紡ぎ出され、絶大な影響力をふるっていたという、端的な事実だ。もちろん、いわゆるアメリカン・ヒーローを中心にした民話のたぐい、法螺話のたぐいは枚挙にいとまがない。しかし、アメリカ合衆国の独自性を感じさせる初めての童話といったら、これしかない。一九世紀半ば、ニューヨーク州北部に生を享けたライマン・フランク・ボームが一九〇〇年に発表した児童文学『オズのふしぎな魔法使い』が、それである。

　物語は、アメリカ中部にはつきものの竜巻によって始まる。冒頭、暴走する竜巻に家ごと飲み込まれた主人公ドロシーが別世界オズに到着するや否や、東の悪い魔女を家の下敷きにして偶然殺してしまうわけだから、あんまり「こわい魔女」の印象はない。むしろ、魔女を殺したドロシー本人が当地の住人から「これはこれは、世にも気高い魔法使いさま、このマンチキンの国へようこそおいで下さいました」と感謝される始末。そう、一九三九年に封切られたジュディ・ガーランド主演のハリウッド映画版（「オズの魔法使」と綴る邦題で知られる）では、「鐘《ディ》を鳴《ン・ドン》らせ！　魔女は死んだ！」というリフレインをもつ挿入歌がひときわにぎやかに合唱される、あのシーンだ。そして、そもそも「オズのおそろしき大魔法使い」なる存在自身、その正体はといえばオマハ出身で権謀術数にたけた腹話術師にして気球乗り、要するにとんでもない詐欺師でしかないことが判明する……。

　もちろん、せっかく幻想的な魔法の国が、そんな情けない詐欺師のマインド・コントロールによる演出の効果だと知れば、幻滅する向きもあるだろう。しかし、二〇世紀到来とほとんど同時に出版された『オズのふしぎな魔法使い』が、二一世紀を迎えた今日に至るまで愛読されつづけているのは、魔法使いと詐欺師を兼ねるオズの奇妙な二面性が、幻滅どころか圧倒的な魅惑を醸し出しているからではなかったろうか。

げんに十九世紀半ばのアメリカには稀代の見世物師とも博物館文化の先覚者とも、さらに広告産業の予言者とすら呼ばれるP・T・バーナムが登場し、奇形たちを見世物にするフリーク・ショウを一八三五年ごろから展開、「超高齢一六一歳になるジョージ・ワシントンの乳母」や「フィジーの人魚」や「親指トム」、「シャム双生児」、「〈スウェーデンのナイチンゲール〉と呼ばれたジェニー・リンド」、「巨象ジャンボ」など多くのスターを生み出しては、一八四〇年から一九四〇年のあいだにアメリカの代名詞となる大衆娯楽文化を確立したのだった。タネも仕掛けもあるけれど、にもかかわらず、いやだからこそ大衆を幻惑してやまないスペクタクル文化——その意味で、バーナムがオズのふしぎな魔法使いの原型を成しているのは、疑いない。そしてわたし自身も子供心に、見たところ魔術的想像力にあふれたオズの国が、じつはその内部ではしっかりと科学的合理主義の歯車によって統制されているのを知って、がっかりするというよりは、びっくりしたものだった。

たとえば、ドロシーとともにオズの大魔法使いのところへ行く者たちにしても、〈かかし〉は脳ミソを、〈ブリキの木こり〉は心臓を、〈臆病ライオン〉は勇気をもらいたいという願いをそれぞれ抱いているが、現実に彼らと出会った魔法使いは、まさしく職人的な手つきで、〈かかし〉の頭を手術し、〈ブリキの木こり〉を開胸し、そして〈臆病ライオン〉に薬を飲ませて、みごと成功を収めていく（第十六章「大ペテン師の魔法」）。

もちろん、〈かかし〉も〈ブリキの木こり〉も〈臆病ライオン〉も、イメージだけとれば、イギリス学匠作家J・R・トールキンが『指輪物語』（一九五四―五五年）で描き出したホビットの仲間や妖精たち怪物たちを経て、ジョージ・ルーカスの手により一九七七年以来引きつづくSF映画『スター・ウォーズ』サーガのキャラクター群像に、そっくりそのまま発展解消してしまった観が強い。今日の観客は、ピーター・ジャクソン監督による『指輪物語』の映画版『ロード・オブ・ザ・リング』を観て『スター・ウォーズ』を連想する向きがあるかもしれないが、事実はまったく逆で、そのようなファンタジー的想像力を形成したすべての源に、『オズの魔法使い』が聳えているといったほうが正しい（『オズ』の「森の番人」（Fighting Trees）と『ロード・オブ・ザ・リング』の「木の番人（エント）」（Ents／Tree Herders）を比べてみればよい）。

にもかかわらず、いまの眼でふりかえってみてもなお、右の魔法使いによる手術シーンが妙に説得力あふれるリアリティを醸し出すのは、現実世界の向こうに超現実的なオズの国があるのだけれど、オズの国もまた現実世界とまったく無縁ではありえない論理で動いていることを実感させてくれるからである。夢想と技術とが表裏一体を成すオズの世界そのものが、おそらくは「もうひとつの夢」として、あまりにも眩く輝く。

2　テクノロジーと神智学、そしてユートピアニズム

では、オズの与えてくれる「もうひとつの夢」とはいったい何か。その本質を考えるために役立つ三つの特徴を挙げておこう。

ひとつには、オズの国において、魔法と現代科学がさほど区別されていず、いわば「テクノロジー信仰」とでもいえる文化が浸透しているところに、アメリカ民主主義の精神がうかがわれること。かの建国の父祖であり避雷針の実験を行ったことでも有名なベンジャミン・フランクリン以来、アメリカにおいてテクノロジーとは一握りの支配階級だけが独占するものではなく、広く国民全体が共有できるものであった。そもそもオズの魔法使いのモデルは、「メンロパークの魔法使い」とさえ渾名され、一八八〇年代までには蓄音機や白熱電球などさまざまな業績をあげていた発明王トマス・エジソンその人だったという説があるが、オズの国が世界初の民主主義国家アメリカの夢そのものだとすれば、まんざら無根拠な仮説ともいえまい。実際に作者ボームが荷担していたのは、世紀末アメリカを華麗に彩るエメラルドの都ならぬデパート文明であり、とりわけショーウィンドウ雑誌を中心にした「光と色とガラス」を称えるジャーナリズムだった。オズ的願望充足物語は、デパート資本主義の勃興に関するたとえばなしと見ることもできる。あらゆる優れた文学は「夢」を売る「技術」だという認識を、『オズのふし

ぎな魔法使い』が何よりも力強く与えてくれるのは、そのためだろう。

もうひとつは、オズの国の世界律には、当時流行の「神智学」(theosophy)の言説が溶かし込まれていること。神智学運動は、一八七五年にヘレナ・ペトロヴナ・ブラヴァツキー夫人らによって創始され、とりわけ東洋のチベット密教に重きを置く全世界的な密教・秘教体系であり、その中心には、転生ごとに再生される肉体の延長としてのエーテル体や、感情と欲望の活動領域であり星幽界と呼ばれるアストラル体の発想がある。これらの概念を軸にして、神智学における進化論は、エーテル体のみで肉体を持たなかった人類が、のちに肉体を持ったあとレムリア大陸やアトランティス大陸にも棲息し、やがて今日の人種的分布に至ったと見る。つまり神智学は、いったん西欧的な近代科学の枠組みを経由したうえで再構築された東洋的密教と考えることが可能であり、そこで肝心なのは、可視的世界とはたんに多くの世界のあらわれのひとつにすぎず、地球上の生活は霊魂の進歩の一階梯であって、人生で成した善悪は将来の転生において回帰するという理論体系にほかならない。かくしてボームは、のちにふれる妻モードの母マチルダ・ゲージの知的影響により、まさに神智学こそは宗教的な神と科学的な自然を橋渡しするばかりか、妖精の棲む世界を説明する原理にほかならないものと見て積極的に受け入れ、じっさい一八九二年九月二日には、シカゴのラーマーヤナ神智学教会へ夫婦そろって入会している。それが当時、さほど奇妙なふるまいに映らなかったのは、ブラヴァツキー夫人の代表作『シークレット・ドクトリン』(一八八八年)に象徴される神智学が発明王エジソン本人や、かの相対性理論を樹立した天才科学者アルバート・アインシュタインをも惹きつけた事実から、了解されよう。

そしてもうひとつ、以上に述べたテクノロジー信仰や神智学とも連動して重要なのは、それらが十九世紀を席巻した「ユートピア思想」の文脈から生み出されているということである。十七世紀ピューリタンの植民地時代からこのかた、アメリカニズムの奥底に一定のユートピアニズムが流れ、かのアウグスティヌスのいう神の都市をこの地上の丘の上に建設することを第一目的に定めてきたのは、すでに強調するまでもない。だが、南北戦争以後、キリスト教の神(God)が金権の神(Mammon)にすがたを変えてしまったといわれる十九世紀後半の「金メッキ時代」において、産業資本主義に流れるアメリカ的理想を根本から問い直すユートピアニズムの動きが生まれてきたのも、たしかなことだ。

折しも、一八八八年にはアメリカ作家エドワード・ベラミーが紀元二〇〇〇年、巨大な国家トラストの支配により富が最も公平に分配されるようになった未来のアメリカから一九世紀末をふりかえるという設定によるユートピア小説『かえりみれば――西暦二〇〇〇年から西暦一八八七年を』を、翌年一八八九年には同じくマーク・トウェインが十九世紀のアメリカ人青年を六世紀の架空のイギリスへタイムトラベルさせるという設定の歴史改変小説『アーサー王宮廷のコネティカット・ヤンキー』を、それぞれ発表している。一八九一年にはイギリス作家ウィリアム・モリスが、中心的政府が存在せず封建的文化が復活し、産業が廃れ手工業に戻り、人々が何よりも童話を愛して想像力を重んじる二〇世紀後半イギリスを構想した『ユートピア便り』を世に問うているのも、見逃せない。ボームがこれらの作家たちを熟読することで、富の分配と階級からの解放という、トマス・ジェファソン草稿執筆になるアメリカ独立宣言以来のヴィジョンを実現する希望を抱いたのは、まちがいない。とりわけベラミーからは男女同権の思想を、モリスからは個人主義の価値を学んでいるものの、それ以上にラディカルな社会主義的発想になると、現実に応用するには不適切と見なしていた点は、ボーム独自のユートピアニズムの基準として、注目してよい。

3　若き童話作家の肖像

それでは、ボームがこのようなものの考え方を培うには、いったいどのような歩みがあったのだろうか。ここで、最新のキャサリン・ロジャースらによる詳細な伝記的研究『オズの創造主ボーム』（Katharine M. Rogers, *Lyman Frank Baum, Creator of OZ: a Biography* [New York: St. Martin's, 2002]）をもとに、作家がいかなる人生を辿ったのかを手短かにでも再確認してみることは、決して無駄ではあるまい。

ライマン・フランク・ボーム（Lyman Frank Baum）は一八五六年五月十五日、ニューヨーク州北部の大都市シラキュースの東十五マイルほどのところに位置するチテナンゴにて、シンシア・スタントンとベンジャミン・ウォード・ボームの七番目の子供として生まれた。彼の上にはふたりの姉ハリエット（一八四六年生まれ）とメアリ（四八年生まれ）、兄ベンジャミン（五〇年生まれ）がおり、以後生まれた三名は夭折している。そして五五年にわれらのライマンとヘンリーが生を享け、そののち九番目も生まれるが、この子も夭折してしまう。

そもそもボーム家は一七四八年にニューヨークに移民してきたフィリップ・ボームを祖とする。祖父は倉庫管理業に失敗してメソジスト系の説教者になった。父ベンジャミンは樽製造業者として名をなし、一八四二年、二十一歳の時に、同い年のシンシア・スタントンと駆け落ち同然で結婚。以後、ポンプ販売などで成功を収めていたが、一八五四年にチテナンゴへ引っ越してきてからというもの、一家は黄金時代を経験する。というのも、一八五九年のこと、シラキュースから二百マイルほどのところにあるペンシルヴェニア州タイタスヴィルで、油田が発見されたからだ。

以来、一八六〇年代から一八七〇年代半ばまで、すなわち南北戦争時代から金メッキ時代へ至るまでの期間は、ボーム家がアメリカでも有数の富豪への道をかけのぼる期間とぴったり一致する。何しろベンジャミンはペンシルヴェニア州からニューヨーク州へおよぶ規模で、油田とともに土地や農場を買い上げ、ホテルやオペラハウスや銀行を建設し、株式にも手を出してニューヨーク・シティに事務所を構え、シラキュース市内と郊外にふたつも豪華な邸宅を所有するに至ったのだから。とくにシラキュース北部の地所は美しいバラが咲き乱れるので「ローズ・ローン」（Rose Lawn）と命名されるが、さてそれに連なる八〇エーカーもの農場「スプリング・ファーム」こそは、幼いライマン・フランク・ボームが生まれて初めて「かかし」を目撃し、それがあたかも生きているかのように手をふり大股で歩くかのような気がして衝撃を覚えた場所であった。

ボーム家の絶頂期に翳りがさしたのは、一八七〇年代に入って、無制限な油田開発にストップがかかり、ジョン・ロックフェラーが介入して石油分配を制御しようと試みるようになって以来のことである。ベンジャミンはこのころ株でも損害を被ったが、しかし一八八二年にはニューヨーク州オリーンにて新たな油井を発見して財力を回復し、シンシア石油会社を設立する。

さて、このように長々とボーム家の家業のことを書き連ねてきたのは、それが作家ライマン・フランク・ボームの主体形成にも決して無関係ではないからだ。すでに広く知られているように、彼は幼いころより心臓が悪く、夢見がちであったため、両親は協調性を欠くようになるのを恐れてピークスキル軍事教練校へ入学させたこともあるのだが、ここで彼は心ない教師たちの体罰に辟易するあまりドロップアウトしてしまう。自分自身が「心臓」に問題を抱え、教師たちが「心ない」ように見えたといういきさつに、もともと心臓を欠落させた「ブリキの木こり」の霊感源を認めるのは、決してむずかしくあるまい。かくして未来の作家はその十代の日々を独学で費やすようになり、チャールズ・ディケンズやウィリアム・サッカレー、チャールズ・リードを愛読し、ウィリアム・シェイクスピアの戯曲に至ってはその印象的な箇所を暗記するほどだった。

このころ彼は、父親ベンジャミンに連れて行ってもらったシラキュース市内で印刷機を眼にしてからというものこの技術に夢中になり、小型印刷機を買ってもらうと、弟のハリーとともに月刊新聞〈ローズ・ローン・ホーム・ジャーナル〉まで刊行し始める。十七歳の時には切手収集に手を出し、この分野においても〈スタンプ・コレクター〉なる雑誌を創刊、この趣味は一生つづいて、あとには立派なコレクションが残ったという。

けれども、ライマン・フランク・ボームが家業とも関わり、以後の文筆活動とも関わるかたちでいちばんのめりこんだ趣味といったら、やはり演劇であろう。石油事業の収益によって、父ベンジャミンはニューヨーク州とペンシルヴェニア州に小劇場のチェーンを所有していたため、その出張に同行する時など、彼は巡回劇団の活躍をつぶさに観る機会が与えられた。しかも、叔父のアダム・ボームはシラキュースのアマチュア劇団で名を馳せており、叔母のキャサリンはプロとして発声法を教えている。このように才能ゆたかな家族環境に恵まれた文学少年が、自分にも可能性があるはずだと思わないほうがむずかしい。母親の後押しで何とか入団したシェイクスピア劇団では、自前の衣装を盗まれたり、ろくな役をもらえなかったりしたためにすぐ辞めることになるが、二十三歳を迎えた時には、ニューヨークはユニオンスクエア劇場のアルバート・パーマーの指導により、彼は一八七八年十一月三十日、ブロンソン・ハワード作の『銀行家の娘』に出演するばかりか、〈ニューヨーク・トリビューン〉や、〈ブラッドフォード・エラ〉といった新聞雑誌にも執筆するようになった。父ベンジャミンもこの息子の実力を認め、自身の所有する劇場チェーンの経営者として任命する。

かくしてボームは、しばらくシェイクスピア劇を中心に油田業者の働く町を巡回していたが、やがてとうとう自身で創作劇を発表。とりわけ一八八二年、ウィリアム・ブラックの小説『極北の王女』（一八七四年）をもとに完成した『アランの乙女』は傑作の呼び声が高い。原作小説は、ロンドンの青年画家フランク・ラヴェンダーがヘブリディース諸島のボルヴァ族の娘シーラと恋に落ち、彼は何とか彼女を都市生活になじませようとするも叶わず、さまざまな困難に行き当たり、いったんは別れ別れとなるも、最後はフランクがプロの画家になるためにヘブリディーズ諸島へ赴き、シーラの部族と幸せに暮らす、という物語だ。

ボームはこれにメロドラマティックなひとひねりを加え、ひとまずシーラの故郷をアイルランドに定め、フランクとシーラのあいだにもうひとりイングラムという男を入れて三角関係を築く。結果は上々、この翻案劇は一八八二年五月十五日、すなわちボーム二十六歳の誕生日にシラキュースで幕を開けるやいなや大評判となり、彼と劇団はニューヨーク州イサカを皮切りにカナダはトロントから中西部はミルウォーキー、そしてシカゴまで、大規模なツアーを敢行し、各地で歓迎されたのだった。

このようにボームが演劇的名声を獲得していく足取りは、当然、彼の文学的才能の発露と見ることができる。しかしまったく同時に、彼がそんな自らの文学的才能を活かすだけの営業力の持ち主であった事実、いわゆる実業家としてもなかなかのやり手であった事実も、明記しておかなくてはならない。もともと彼はボーム家の所有するスプリング・ファームでハンブルグ種の鶏をはじめとする養鶏に精を出し、一八七八年、二十三歳の時にはエンパイア・ステート養鶏協会を設立したり、一七八〇年には養鶏雑誌を創刊したりするなど、企画宣伝能力に長けていた。この経験がなかったら、『オズのオズマ姫』におけるわがままな黄色い雌鶏ビリーナも決して生まれなかったろう。

したがって、演劇活動にひと区切りがつき、家業である石油産業に関わるようになり、一八八三年には彼を事業主とする潤滑油専門店が開店したあとには、兄による車輪のための新潤滑油開発も功を奏して、しばし成功に酔いしれる。ところが一八八七年には、交通事故で弱っていた父のベンジャミンがとうとう帰らぬ人となり、叔父のアダムも病人となって、この家族産業にも見切りをつけねばならなくなった。とはいえボーム家と石油産業に根ざす「テクノロジー」の関わりがなかったら、たとえば本書第五章にて「ブリキの木こり」に潤滑油をさすという印象的なシーンもありえまい。このことは、当時、一九世紀末のアメリカ全体が、捕鯨産業にもとづく鯨油から、油田産業にもとづく石油へと、エネルギー源の一大転換を図ろうとしていたドラマのひとコマとしても、注目に値する。

では、家業の石油産業もあきらめるに至ったボーム一家は、どんな運命を辿るのか。ここで登場するのは、彼が一八八一年のクリスマス休暇の折に姉ハリエットの計らいで知り合い、一八八二年、二十七歳の時には結婚するに至る妻モード・ゲージである。モードはたまたま、彼の従姉妹ジョセフィーヌとコーネル大学でのルームメートだった。当初、フランクは乗り気ではなかったが、姉はかねてより「彼女に会ったら、絶対心が動くはず」と太鼓判を押しており、はたして姉の予言通りになったというわけだ。

ただし、ここでボーム夫人モードが重要なのは、左前になったボーム家を良妻賢母の嫁として懸命に助けたという美談のためばかりではない。たしかに父の死後、一八八八年の秋、ライマン・フランク・ボームは、折よく鉄道が通るようになったために、妻の実家ゲージ家が土地を持ち、最初の植民者として活躍中のダコタ州アバディーンへと、一家で居を移す。けれど、そこまで彼がゲージ家に全面的な信頼を置くようになったのは、妻の母であるマチルダ・ゲージの女性参政権運動家として、かつ神智学運動家としての影響力をまんべんなく吸収したからにほかならない。このスモールタウンには一八八八年から九一年まで暮らすことになるが、その間、彼は新聞編集者として腕をふるい、またジャーナリストとしてはベンジャミン・フランクリンばりに多彩なペンネームを使いこなし、とりわけ下宿屋のおかみビリキンス夫人の名前で時事問題へメスを入れては人気を博す。とりわけ一八九一年の一月のコラムでは、女性参政権運動家ばりの「ビリキンス夫人」が、テクノロジーによって完全制御された農園の可能性についてユートピア的想像力をめぐらしており、そこにこそ『オズのふしぎな魔法使い』の原型を見る批評家も、決して少なくない。

だが、あいにくスモールタウンにおける新聞編集の仕事も楽ではなく、一八九一年、ボームは次なる天地、自ら「ニューヨークに次ぐ出版の中心地」と見定めるシカゴへ移り住む。げんに一八九三年には、いまも「ホワイト・シティ」の通称で親しまれるシカゴ万博博覧会が、アメリカ人のテクノロジーへの夢へ決定的な影響を与えており、このホワイト・シティこそは「エメラルドの都」を着想させたのではないかと考えるのは、自然なことだろう。シカゴでの生活こそは、ボームに資本主義文化ならではの光と色とガラスの幻惑がもたらす商品の魅力を再考させたのであり、その結果、彼が一八九七年に創刊する批評誌〈ショーウィンドウ〉は、ボーム家に新たな財産と幸運をもたらす。そして一八九七年後半、ボームは同い年の挿絵画家・書籍装幀家ウィリアム・ウォレス・デンズロウと運命的な出会いを遂げ、ふたりは九九年には『ファザー・グース』を共作、年末までには七万五五〇〇部を売り上げた。

ほんとうのところ、デンズロウというのは圧倒的な人気を誇りながらも性格的に屈折した部分があり、それはたとえば表紙の初校で自分の名前をボームより大きくデザインしてしまうといった自己顕示欲にあらわれていたのだが、にもかかわらず、ボームがほかの挿絵画家と仕事をすると、デンズロウと組む時ほどの売り上げを見込めないのは明らかだった。そして『ファザー・グース』は翌年、まったく同じチームが実現することになる『オズのふしぎな魔法使い』への前奏曲となった。

4 『オズ』の衝撃

かくして一九〇〇年四月、ボーム四十三歳の時、『オズのふしぎな魔法使い』は印刷にまわり、注文だけでも五〇〇〇部、九月にいざそれが出版されると、以後の十五ヶ月で三万七六七二部を売り上げ、たちまちベストセラーとなり、二百以上もの新聞雑誌で書評されるに至る。

もちろん、それはこれまでボームが積み上げてきた作家修業の賜物であった。すでに彼は折にふれて、多くの子供たちを相手にドロシーやかかしやブリキの木こりの物語を長年語ってきたのであり、どこにも発表こそしなかったものの、それらがようやく一貫したかたちを採ったということなのである。そもそも「オズ」というネーミングからして、「これはいったいどこの国のおはなしなの?」と子供に尋ねられたボームが、たまたまアルファベット順に分類してあるファイル・キャビネットの最後の引き出し「O-Z」を眼にとめたので、そう名づけたにすぎない。

それでは、ボームは先行するどんな童話を意識していたのか。

もちろん、かのデンマークを代表する童話作家アンデルセンは筆頭に来る。しかし彼は、会衆派教会の雑誌〈アドヴァンス〉の一九〇九年八月十九日号に発表した論考「現代の童話」において、自分はアンデルセンを尊敬はするものの、『不思議の国のアリス』(一八六五年)『鏡の国のアリス』（一八七一年）などの著者ルイス・キャロルのほうが好みだと断言し、そのゆえんを、アンデルセンの描くような王子様や御姫様以上にアリスが子供たちの心を惹きつけるからだという。キャロルの影響は、彼が一九〇〇年、『オズ』に先立って発表した物語が『新しい不思議の国』（*A New Wonderland*）と題されていたことからも一目瞭然だろう。彼はこう考察している。「アリスの物語がすばらしいのは、彼女がほんものの子供として描かれているところだ。そのため、ふつうの子供だったら誰でも、彼女に感情移入することができる」。

たしかに、キャロル同様、ボームはあくまで子供の視点から世界を描き出し、そこでヒロインには理解しがたいさまざまな事件が降ってくるという展開を紡ぎ出した。けれど、にもかかわらずキャロルの主人公アリスとボームの主人公ドロシーが異なるのは、前者がたえず周囲の力に流されていくのに対し、後者が自分のさまよい込んだおかしな世界であたふたするばかりではなく、何とかその異世界の意味を解釈しようと試み、その結果、あくまで自分の力で問題を解決しよう、わけのわからない圧力には対抗しようとするところだ。

かくして、ボームはたんに自らの尊敬する先輩作家アンデルセンやキャロルとは異なる道へ歩み出したというだけでなく、そのことによってアメリカ独自の国民童話の創始者となったのである。文学史的には、このころといえば自然主義の勃興期であり、幻想よりも現実を生々しく描く方向が主流だった。にもかかわらず、たとえば自然主義作家の大御所ハムリン・ガーランドなどは一八九四年の時点で、いまこそアメリカ文学は同時代を精確に描き出すべき時だ、アメリカ人以外には書けないような背景を盛り込むべきだと宣言したのだし、加えて同じく自然主義文学の巨匠シオドア・ドライサーに至っては、『オズ』とまったく同じ一九〇〇年、当時の論客ソースティン・ヴェブレンの『有閑階級の理論』（一八九九年）を体現するかのように、豪華絢爛たる物質文明に幻惑されるあまり金を持つ男から男へと身をかわし、破滅するよりも成功を獲得していくたぐいの上昇指向娘を主人公にした古典的傑作『シスター・キャリー』を世に問うている。自然主義文学の勃興期とアメリカ国民童話の黎明期が連動したのは、決してゆえなきことではない。文学的様式こそちがっても、ふたつのジャンルはともに消費資本主義文明の展開するアメリカ世紀転換期を、片やリアリティの角度から、片やファンタジーの角度から、最も力強く表現したのだ。

かくして、シスター・キャリー同様、ドロシーもまた既成の権力的上下関係には疑問を突きつける。それればかりか、かかしやブリキの木こりや臆病ライオンでもまったく平等に扱い、何でも堂々と説明することで大人たちとも対等に話ができる。あくまで自分の力を尽くし、合理的に考えていけば、どんなものごとでも解決できるという発想。それはまさしく、ベンジャミン・フランクリン以後のアメリカ人を特色づける楽観的なプラグマティズムであり、先にわたしが述べたテクノロジー信仰も神智学もユートピアニズムも、すべてその帰結と見られる。そんなアメリカならではの精神性が巧妙に流し込まれているために、『オズのふしぎな魔法使い』はヨーロッパとはまったく異なる、アメリカ国民童話という文学的フロンティアを切り開き、アメリカン・ファンタジーの先鞭を付けることになった。そして、ボーム本人も同書の成功により、自らの天職を童話作家と見る自覚を備えるに至る。

以後、ボームは『オズ』の視覚化を構想、コミック・オペラで名をあげようとしていた作曲家ポール・ティージェン、そしてもちろん画家ウィリアム・デンズロウと組み、一九〇二年には、英国風クリスマス・パントマイムにヒントを得た、歌あり踊りあり漫才あり特殊効果ありの豪華絢爛ミュージカルショウ（エクストラヴァガンザ）のかたちで、『オズ』の舞台化まで実現した。中身は見世物中心のツギハギで、作者自身、必ずしも満足していたわけではなかったのだが、にもかかわらず一九〇二年六月十六日に、シカゴはグランド・オペラハウスでこけら落としが行われるやいなや、それは十四週間のロングランとなり、観客動員数一八万五〇〇〇人、収益一六万ドルという驚くべき数字をはじきだしたのだ。

今日でいえば、映画や音楽のみならずユニヴァーサルスタジオ並みのアトラクションまでを含むマルチメディア化の発想だが、しかしこのような消費資本主義文化のまっただなかに身をさらすことになった作者ボーム本人にとって、この成功は必ずしもいいことづくめだったとはいえない。それどころか、このエクストラヴァガンザに手を出したがゆえに、ボームはその名声を一気に喪失していったのだとする声すらある。というのも、あくまで『オズ』がまず存在してその舞台化であるエクストラヴァガンザが演出されたはずであるのに、こんどはまったく逆に、そのエクストラヴァガンザのほうが『オズ』の続編展開に影響を与え始めたからだ。これがなぜ困りものかというと、舞台のほうを観に来る客は大多数であるから、その好みに合わせて小説をも書きつづけているうちに、品質のほうもどんどん低下していったのである。

ただし長年の相棒だった挿絵画家デンズロウと決裂したことは怪我の功名をもたらした。シリーズ第二作目の『オズの虹の国』からは、まだ弱冠二十五歳だった若手画家であり、ボームの死後にはオズの続編「定番四〇篇」のうち三作をも執筆することになるジョン・ニールに挿絵を依頼し、大衆はデンズロウ以上に彼のイメージを大歓迎したのだ。そのためかボームは一九〇五年、『オズの虹の国』をもとにしたエクストラヴァガンザの台本を書くよう要求されるも、そちらのほうは惨憺たる結果に終わってしまう。名誉挽回のチャンスを狙っていたボームは、こんどは一九〇八年九月二十四日から二十六日までミシガン州はグランド・ラピッズにて、彼自身による朗読をはさみ、映像やオーケストラもまじえた「おとぎの国の旅」(フェアリーローグ)なる舞台を展開、これは作家本人も満足し評価も高かったものの、莫大な経済的損失を伴い、とうとうボーム家は比較的暮らしの楽なカリフォルニア州はハリウッドへ転居、そこを「オズコット」と名づけて新生活を始めるも、一九一一年には一万二六〇〇ドルの負債を返済できぬまま、破産を余儀なくされるのである。

それでもボームは夢をあきらめることができず、一九一四年、つまり第一次世界大戦が勃発する年には、折しもD・W・グリフィス監督らが才覚を現し急成長を遂げていた映画産業に関わり、友人の手助けでオズ映画製作会社を設立、『オズのつぎはぎ娘』や『オズのかかし閣下』

などを撮影するも、配給会社が首を縦に振らず、この事業も失敗に終わってしまう（ただし、これらハリウッド以前の『オズ』舞台化に伴う音楽に限っては、一九九九年、ハングリー・タイガー・ミュージックが『虹の手前に』(*Before the Rainbow*) なるＣＤのかたちにまとめたので、その全貌を聴くことができる）。

もちろん、いくら辛酸をなめても、ボーム本人の創作欲のほうは衰えることがなかったためシリーズは書きつづけ、愛妻モードのビジネス感覚が幸いして生活もあるていど持ち直す。ところが一九一五年ごろより持病の心臓が悪化し、一九一九年五月六日、誕生日のほぼ十日前に、六十二歳で逝去。遺作は『オズのグリンダ』であった。

5 ライマン・フランク・ボームの遺産

あくまで『オズ』を中心に辿ってきたが、いまにして思うのは、これだけ多彩な才能に恵まれていたボームであるから、はたして彼が『オズ』や童話文学以外の道で大成していれば、どんな作家として記憶されていただろうか、ということである。前述したように、彼には女性名による社会時評の才覚もあったたし、晩年に至るまでカリフォルニア州サンディエゴにある神智学共同体と密接に交流していた。そして一九〇一年には『マスター・キー』において電気好きの少年ロブがひょんなことから電気の魔物を呼び出してしまい、ミサイルをはねかえす服やテレビを思わせる万能記録装置、さらに人間の本質を見抜く特殊メガネを与えられるという、まさに『オズ』とは反対の方角から魔法とテクノロジーの関係を思索した小説を発表。一九〇七年には『サム・スティールのパナマ大冒険』でインディアンとの戦いを、一九〇八年には『最後のエジプト人』でライダー・ハガード風の現代における反帝国主義闘争を、一九〇九年には『少年フォーチュン・ハンター、中国へ行く』で中国大陸を舞台にした秘宝探求を扱って、いわゆる異国情緒《エキゾティシズム》を全面的に押し出している。彼はとうとうこれら高品質の作品群によって長く記憶されることはなかったが、アメリカ文学史において考え直せば、『マスター・キー』が孕むサイエンス・フィクションの可能性は、以後、ヒューゴー・ガーンズバックが確立するジャンルSFを経てロバート・A・ハインラインの『夏への扉』(一九五七年)や、それにヒントを得たロバート・ゼメキス監督の『バック・トゥ・ザ・フューチャー』(一九八五年)に結実するわけだし、『サム・スティールのパナマ大冒険』に認められる本格的なファンタジーの可能性は、たとえばボームも暮らしたシカゴに生まれ、まったく同じ心臓病に悩んでいたエドガー・ライス・バローズが『火星のプリンセス』(一九一二年雑誌発表、一九一七年)、『類人猿ターザン』(一九一二年雑誌発表、一九一四年)、『地底世界ペルシダー』(一九一四年雑誌発表、一九二二年)を皮切りに展開していくヒロイック・ファンタジーの中で開花していくものと考えることができる。

戦後のポストモダン文学において見逃せないのは、メタフィクションの巨匠トマス・ピンチョンが一九七三年に発表する『重力の虹』が、V2ミサイルの発射を生理的に予知できるよう実験心理学的に手術を施されたレーダー人間タイロン・スロースロップを主人公に据えながら、そのサブテクストのひとつに、ほかならぬボームの『オズ』を刷り込んでいることだろう。第三部「ゾーンにて」のエピグラフはこう読まれる（以下バンタム版に準拠し邦訳を引く）。「トト、ここはもうカンザスじゃない気がするわ…　／ドロシー、オズに到着。」（B325）

そして読み進めば、ブロッケン山頂にスロースロップと見習い魔女ゲリー・トリッピングが居並ぶシーンで、スロースロップの古い血縁がこう言及される。「エイミー・スプルーは、『オズのふしぎな魔法使い』の元気はつらつとしたドロシー嬢みたいに卑しい魔女ではなかった。」（B383）麻薬売人クリプトンと豚に変装したスロースロップのからみでは、前者はこんなふうに歌う。「黄色いレンガの道を行け。」（B695）そういえばすでに第二部後半にもこんな一節があった。「あのチームは『オズのふしぎな魔法使い』のマンチキンのように妄執でこり固まり、文字通り飛び跳ねるように出てゆき、エロティックな毒へと身を投じたのだった。」（B314）

ピンチョンの「ゾーン」には、地理的には戦時下の中央ヨーロッパにおける占領地が想定されているものの、その超現実的混沌は明らかに『オズ』の描く架空の超時空国家マンチキン国からヒントを得ている。シリーズ化の効用もあって大ベストセラーとなり、ボーム本人の肩入れもあってマルチメディア的舞台化が図られたのは前述のとおりだが、一九〇三年にはブロードウェイ・ミュージカルとして上演され、一九三九年、ハリウッド黄金時代にはジュディ・ガーランド主演で映画化、オズの国は名曲「虹の彼方に」（Over the Rainbow）とともに現代アメリカ人の心の故郷となる。七七年に大ヒットしてシリーズ化された国民的SF映画『スター・ウォーズ』のキャラクターが『オズ』の焼き直しだったのも、そのためである。

さらに、ピンチョン以後といわれる現代幻視作家の近作群でも、ジェフ・ライマン一九九二年の『夢の終わりに…』（*WAS*）が『オズ』のドロシーを実在の人物と想定し、その人生が女優ジュディ・ガーランドの人生、さらに作者ボーム本人の人生と交錯していく過程を自然主義タッチの歴史改変小説として描き出しており（そこにはジュディ・ガーランドの実人生上のスキャンダルと彼女の映画的ペルソナの双方が、誰よりも抑圧されているゲイの共感を呼んできたという背景も含まれる）、スティーヴ・エリクソン一九九三年の『Xのアーチ』は作品内作家エリクソンの死後、遺品の中に、作者自身が愛読書の筆頭にあげている一九〇三年刊行『オズのオズマ姫』が言及されるという展開を見せる。ここで、エリクソン自身が一九九五年初頭のインタビューで『オズ』を「きわめてダークな想像力に彩られた奇怪な世界」「はなはだグロテスクな作品」「童話であると同時に、初期のアメリカ超現実文学を連想させる」と述べていたのを思い出してもよい（ラリイ・マキャフリイ『アヴァン・ポップ』巽孝之・越川芳明編訳［筑摩書房、一九九五年／増補新版・北星堂書店、二〇〇七年］）。

日本では戦後、遅れに遅れた一九五五年になって初めて映画が公開されたから、それが一九三九年公開当時、ハリウッド最盛期のアメリカで及ぼした影響を疑似体験しにくく、そのあたりに、『オズ』が日本人にはいまひとつ切実に迫ってこないゆえんがあるのかもしれない。しかし大井浩二も指摘するように、すでに一八九〇年には西漸運動が終わりフロンティアが消滅したアメリカにあって、なおも新たなフロンティアを希求する試みが『オズ』という架空世界、それもカンザスの田舎に設定されながら巧妙に現実とはズレていくような幻想世界の形を採ったとも考えられる（亀井俊介編『アメリカン・ベストセラー小説38』〔丸善、一九九二年〕）。

この発想を共有するブライアン・マクヘイルによれば、アーネスト・ヘミングウェイやウィリアム・フォークナー、ノーマン・メイラーらが消滅したフロンティアを郷愁したのに対し、ロナルド・スーキニックやレイモンド・フェダマン、トマス・ピンチョンらは新たなフロンティアを北米大陸の周縁ならぬカンザスやオハイオといった大陸中心部に定めたという。というのも、まさに大陸中心部こそはアメリカの心の内部から生成する幻想的時空間を表現し、アメリカを再発明するために最もふさわしいゾーンであるからだ（*Postmodernist Fiction* [New York: Methuen, 1987]）。

したがって、今日、ピンチョン以後に巨大なメタフィクション的想像力を駆使する作家がこぞって『オズ』へのオマージュをちりばめつつフィクションのフロンティアを開拓しようと試みているのは、当然といえば当然かもしれない。それは、『重力の虹』の根深い影響を受けた若手映像作家デイヴィッド・ブレアが電脳空間内部のフロンティアを開拓すべく一九九一年に製作したアヴァン・ポップ映画『ＷＡＸ』（アップリンク配給）の中心的舞台がカンザス州に実在する観光名所「エデンの園」で（それがポピュリストの建築した空間であることは、ボーム自身がポピュリズムに深い関心を抱いていたことと通底する)、同作後半には『オズ』小説版では第四章、映画版では結末をひときわ彩る殺し文句「何といってもおうちがいちばん」("There's no place like home!")が引用されることからも明白だろう。(映画版字幕では「お家程、良い所はない」)

「何といってもおうちがいちばん」——このパセージをくりかえし口ずさみつつ、わたしは思い出す。『重力の虹』における「ゾーン」は中央ヨーロッパをオズ化することで成り立っていたが、ここでわたしたちは、もともと「ホーム」とは現実の故郷や異郷を超えた「想像的フロンティア」の隠喩であり、オズ研究家ポール・ネイサンスンに従えば「アメリカ国家が楽園から歴史を経て再び楽園へ回帰するという世俗的神話」の形成に長く貢献してきたことを(*Over the Rainbow* [Albany: SUNYP, 1991])。

一八九〇年、歴史的事実として、北米大陸からはそれ以上開拓すべき荒野としてのフロンティアは消失してしまった。にもかかわらず、『オズ』はまさしく新たな消費資本主義空間という名の新たなフロンティアの隠喩となった。以後、二〇世紀半ばのジョン・F・ケネディ政権時代には宇宙開発を睨んだニュー・フロンティアが提唱され、そして二〇世紀末のロナルド・レーガン政権時代から現在、二一世紀初頭にかけては、インターネット革命による電脳空間の中に再び新たな、しかしこんどは北米どころか全地球規模におよぶグローバル・フロンティアが広がっている。それは、オズのふしぎな国の意義が衰えるどころか、ますます重要なものになっ

てきたことを明かす。
西暦二〇〇〇年、魔法とテクノロジーの類推から出発した『オズのふしぎな魔法使い』は出版百周年を過ぎたが、今年二〇〇三年には、テクノロジー批判ともいえるボームのもうひとつの系統に属する童話『ユーという名の魔島』が出版百周年を迎えた。折も折、『オズ』を長くじっくり読み込んできた宮本菜穂子氏のこなれた新訳により、これまで我が国ではお目見えしたことのないウィリアム・ウォレス・デンズロウの挿絵すべてを再現した初版復刻版をお届けできることは、『オズ』ファンとして至上の喜びである。

さらに興味を持った読者には下記の二つのウェブサイトをお勧めする。
〈英文〉オズ・ファンが集う "Oz Wiki"
https://oz.fandom.com/wiki/The_Wonderful_Wizard_of_Oz_(book)
〈和文〉「オズの国へようこそ」
http://oznokuniheyoukoso.com/

以下、ご参考のために、いまでは「定番四〇篇」(Famous Forty) の名で親しまれる『オズ』シリーズのリストを掲げておこう。(邦訳タイトルはすべてハヤカワ文庫NVの佐藤高子訳に拠る。)

〈オズ・シリーズ定番四〇篇〉

＊ライマン・フランク・ボームによるもの

1 *The* (*Wonderful*) *Wizard of Oz*（1900）『オズの魔法使い』
2 *The*（*Marvelous*）*Land of Oz*（1904）『オズの虹の国』
3 *Ozma of Oz*（1907）『オズのオズマ姫』
4 *Dorothy and the Wizard in Oz*（1908）『オズと不思議な地下の国』
5 *The Road to Oz*（1909）『オズへつづく道』
6 *The Emerald City of Oz*（1910）『オズのエメラルドの都』
7 *The Patchwork Girl of Oz*（1913）『オズのつぎはぎ娘』
8 *Tik-Tok of Oz*（1914）『オズのチクタク』
9 *The Scarecrow of Oz*（1915）『オズのかかし』
10 *Rinkitink in Oz*（1916）『オズのリンキティンク』
11 *The Lost Princess of Oz*（1917）『オズの消えたプリンセス』
12 *The Tin Woodman of Oz*（1918）『オズのブリキの木樵り』
13 *The Magic of Oz*（1919）『オズの魔法くらべ』

14　*Glinda of Oz*（1920）『オズのグリンダ』

＊ルース・プラムリー・トムソン（Ruth Plumly Thompson）によるもの

15　*The Royal Book of Oz*（1921）
16　*Kabumpo in Oz*（1922）
17　*The Cowardly Lion of Oz*（1923）
18　*Grampa in Oz*（1924）
19　*The Lost King of Oz*（1925）
20　*The Hungry Tiger of Oz*（1926）
21　*The Gnome King of Oz*（1927）
22　*The Giant Horse of Oz*（1928）
23　*Jack Pumpkinhead of Oz*（1929）
24　*The Yellow Knight of Oz*（1930）
25　*Pirates in Oz*（1931）
26　*The Purple Prince of Oz*（1932）
27　*Ojo in Oz*（1933）
28　*Speedy in Oz*（1934）

29 *The Wishing Horse of Oz*（1935）

30 *Captain Salt in Oz*（1936）

31 *Handy Mandy in Oz*（1937）

32 *The Silver Princess in Oz*（1938）

33 *Ozoplaning with the Wizard of Oz*（1939）

＊挿絵画家ジョン・ニール（John R.Neil）自身によるもの

34 *The Wonder City of Oz*（1940）

35 *The Scalawagons of Oz*（1941）

36 *Lucky Bucky in Oz*（1942）

＊ジャック・スノウ（Jack Snow）によるもの

37 *The Magical Mimics in Oz*（1946）

38 *The Shaggy Man of Oz*（1949）

＊レイチェル・コズグローヴ（Rachel R. Cosgrove）によるもの

39 *The Hidden Valley of Oz*（1951）

＊エロイーズ・ジャーヴィス・マグロウ＆ローレン・マグロウ・ワグナー（Eloise Jarvis McGraw and Lauren McGraw Wagner）によるもの

40 *Merry-Go-Round in Oz*

●————訳者紹介

宮本菜穂子 みやもと・なおこ
1973年、愛知県生まれ。
約10年の米国在住時に多くの舞台芸術に親しむ。
慶應義塾大学文学部英米文学専攻、卒業。
『オズのふしぎな魔法使い』を含むアメリカ文化を幅広く研究。
現在、通訳・翻訳家として活躍。

亀井俊介／巽 孝之 監修
アメリカ古典大衆小説コレクション 2
オズのふしぎな魔法使い

Title: The Wonderful Wizard of Oz © 1900
Author: Lyman Frank Baum
Illustrator: William Wallace Denslow

2003年9月15日 初版第1刷発行
2021年3月15日 第3刷発行

ライマン・フランク・ボーム 著
ウィリアム・ウォレス・デンズロウ 画
宮本菜穂子 訳
巽 孝之 解説

発行者 森 信久
発行所 株式会社 松柏社
〒102-0072 東京都千代田区飯田橋1-6-1
TEL. 03-3230-4813（代表） FAX. 03-3230-4857
郵便振替 00100-3-79095

装 画 うえむらのぶこ
装 幀 小島トシノブ
組版・印刷・製本 モリモト印刷株式会社

ISBN978-4-7754-0029-6